Didier Cornaille

Le pays d'où je viens

ROMAN

Albin Michel

Ce texte ne doit rien au hasard. Sa matière m'a été soufflée par la maison Marguerite Yourcenar, au Mont Noir, dans les Flandres, où j'ai eu le bonheur d'être reçu durant deux mois, au printemps 2008. Je ne pouvais pas rêver meilleures conditions pour renouer avec mon pays quitté depuis plus de trente ans.

Je n'en remercierai jamais assez l'équipe qui gère cette résidence d'écrivains et sait si bien rassembler autour de ses hôtes les conditions de calme et de bien-être propices à la création.

1

Je m'en souviens fort bien. Mon premier réflexe a été de regarder l'heure. Les petits bâtonnets assemblés de l'horloge digitale du tableau de bord affichaient très précisément, en chiffres vert fluo, six heures et vingt-sept minutes. Du matin, bien sûr.

J'avais atrocement mal à la tête, une sensation de nausée épaisse qui me recommandait de ne surtout pas quitter mon siège. Je n'en avais d'ailleurs aucune envie. J'avais dû dormir là, sur ce qui avait toutes les apparences d'un parking de restoroute, pendant plusieurs heures. À la vérité, je n'avais aucun souvenir d'être venu me garer là…

Je tenais une gueule de bois carabinée. Après la soirée passée chez Gilles, il n'y avait là rien d'étonnant. Peut-être n'avait-il pas été très raisonnable de prendre aussitôt la route. Peut-être aurais-je mieux fait de me reposer quelques heures sur le canapé, comme Gilles, tel que je le connaissais, avait dû me le proposer. Pour qu'il n'ait pas insisté et pour qu'il m'ait laissé partir, c'était qu'il devait se trouver à peu près dans le même état que moi…

Pas de quoi être fier… Bon Dieu, que ce crâne me

faisait mal. Et puis cette nausée… Allons, vite en finir avec cette épreuve. Vite rejoindre ma petite maison morvandelle et m'effondrer sur mon lit. Quand je serai lové sous mes couvertures autour de mon malaise, la terre pourra bien s'effondrer, je n'en aurai plus rien à faire. J'enfilai la bretelle d'accès à l'autoroute et, impatient déjà d'être chez moi, j'enfonçai énergiquement l'accélérateur.

Pas assez peut-être pour que le premier panneau d'indication routière ne retienne pas mon attention. Lettres noires sur fond blanc, il annonçait la prochaine sortie : *Albert.* Albert ? Tiens donc ! Curieux… J'avais l'esprit bien trop engourdi et la tête trop douloureuse pour pousser plus avant la réflexion. D'autant plus que, tout de suite après, un autre panneau, bien plus grand, bien plus haut, à lettres blanches sur fond bleu celui-là, m'informait que je roulais dans la direction d'*Arras, Lille, Calais…*

Allons ! Je me secouai. « Tu ne vas tout de même pas te laisser aller à des hallucinations… Gueule de bois, d'accord. Mais à ce point… » D'ailleurs, le panneau était déjà dépassé. Et puis un TGV déboulait brusquement sur ma gauche… Non, je ne rêvais pas. Un TGV, un vrai. Plutôt rassurant d'ailleurs. Mes neurones étant dans l'incapacité de hiérarchiser correctement mes idées, j'avais déjà oublié l'étonnante apparition précédente et me rassurais à celle qui s'enfuyait déjà, là-bas, très loin devant moi, en direction de ce qu'un soleil pas encore levé m'empêchait de déterminer. Un TGV le long de l'autoroute, quoi de plus normal ? J'étais donc sur la A5, un peu plus bas que Melun ou quelque chose d'approchant. J'avais encore du chemin à faire, mais, maintenant que j'étais lancé…

Tiens, tout de même, au fait, sur l'autoroute A5, en temps ordinaire, quand on quitte Paris, ce n'est pas sur la droite qu'on les a, les TGV ? Pourquoi il était à gauche, celui-là ? Quelle question ! Comment j'aurais pu savoir, moi, dans l'état où j'étais, le pourquoi d'une voie ferrée à gauche plutôt qu'à droite de l'autoroute ? Cette fois, pourtant, je le vis avec une telle netteté que je ne pus douter qu'il existât… Un panneau, encore un ; à lettres noires sur fond blanc, annonçant sans la moindre ambiguïté que la grande descente dans laquelle s'engageait l'autoroute était celle qui précède les *marais de la Somme…*

La bretelle que m'offrit aussitôt l'entrée de l'aire de repos de Feuillères fut la bienvenue… Vaguement groggy, j'y engageai ma voiture et vins me garer sans l'avoir vraiment choisi en face d'un panneau d'affichage dont le recto vantait les charmes de la vallée de la Somme et le verso détaillait l'anatomie complexe des autoroutes du nord de la France. Une petite bulle blanche complétée d'une flèche me confirma ce que je commençais tout de même à pressentir sérieusement.

À vrai dire, je n'appréciai que moyennement l'humour avec lequel elle m'annonçait « Vous êtes ici ! ». Merci ! Je sais encore faire la différence entre les confins de la Bourgogne que je comptais regagner et la Picardie où, malgré mes origines, je ne voyais pas du tout ce que j'avais à faire.

2

Trente ans et même peut-être un peu plus que j'ai quitté le Nord. Plus de trente ans sans m'être retourné. Une page tournée. Celle de mon enfance, certes, mais aussi celle des préjugés. C'est triste, le Nord ; c'est gris ; il n'y a rien ; les villages de briques rouges, c'est mortel... Des jugements à l'emporte-pièce, sans raisonnement, imposés et trop facilement acceptés par nécessité, du moins se rassurait-on en faisant mine de le croire.

« Toi, mon fils, tu vaux plus que ça. Tu feras ta vie et la réussite de ta vie à la ville. À Paris, bien sûr. Paris ! Quoi d'autre que Paris pour réussir ? » Comme tant d'autres, j'ai toujours entendu cela, depuis que j'ai été en âge de comprendre. Et comme tant d'autres, études finies, service militaire accompli, je suis parti à Paris. J'y ai mené ma vie. Meilleure, pire que d'autres ? Comment en juger ?

Me voilà, à la cinquantaine bien tapée, père d'un grand gringalet d'ado qui se prend pour le centre du monde et refuse d'écouter les avis que je crois devoir lui donner. Il vit avec sa mère, à Paris, bien sûr, et vient de temps à autre partager ma bohème dans ma maison du Morvan.

Comment j'ai abouti là ? Va savoir ! Il avait quoi ? Quatre ou cinq ans à tout casser, quand on s'est toqué de cette ruine-là, sa mère et moi. On l'a achetée pour ce qu'on croyait être une bouchée de pain sans voir les sommes faramineuses que d'interminables travaux pour la rendre simplement vivable allaient engloutir.

Elle ne l'est toujours pas et ne le sera probablement jamais. Tout reste à faire et le restera au moins jusqu'à la fin de mes jours. Je m'en satisfais pourtant. J'ai laissé l'appartement parisien à la mère d'Yvon, mon ex-épouse, et je suis venu me planter dans cette vieille bicoque. Au fond, je l'aime beaucoup.

Je suis venu m'y claquemurer avec d'autant plus de facilité que, dans le même temps qu'agonisait notre union, mon boulot me filait entre les doigts… La vie est ainsi faite… Au chômedu à plus de cinquante balais… Je ne me fais pas trop d'illusions. Mais enfin, depuis le temps, j'avais réussi à mettre quelques sous de côté. Les indemnités, autant qu'elles dureront, et cette petite rente : de quoi voir venir. L'âge m'a rendu philosophe.

Ça fait bientôt deux ans que ça dure et, au fond, je ne m'en plains pas. Il n'y a qu'Yvon, bien sûr. Ce grand dadais a décrété qu'il faisait trop froid dans ma maison et qu'il n'y viendrait donc qu'en été… Et encore… La vérité, c'est que sa mère l'a eu belle pour lui faire valoir toute la facilité qu'il y avait pour lui de vivre avec elle et toute la frugalité du séjour auprès de son père… Il l'a crue d'autant plus aisément que, comme la plupart des jeunes de son âge, il ne jure que par son petit confort. La nature et ses rugosités, il n'en a rien à cirer. Se crotter les chaussures et les bas de pantalon en allant aux champignons lui fait honte. Réparer un bout de clôture pour recevoir un vieux cheval que j'ai pris en pension est bien au-dessus de ses capacités et bien en dessous de ce qui l'intéresse. Parlez-lui de rock, de cinéma ou d'Internet, mais surtout pas d'un lever de soleil sur le Morvan... Bref, je ne le vois pas trop souvent, et ça me déplaît.

Au milieu de tout cela, le Nord de mes origines a gardé une place bien mince. Il faut dire que j'avais assez à faire avec mes problèmes conjugaux et extraconjugaux, l'éducation d'Yvon, mes activités professionnelles, et l'épuisant « paraître » auquel tout quadragénaire prétendant réussir se doit de sacrifier !

Et puis, j'ai brutalement envoyé tout cela aux pelotes ! J'ai divorcé d'avec ma vie professionnelle et mondaine ; j'ai été licencié par ma vie de couple ! Au chômage sur tous les plans ! Il n'y a pas de juste milieu. Ça vous assomme un homme ou ça vous le projette tout vivant dans une euphorie telle qu'il y a toutes les raisons de s'en méfier.

Je ne m'en suis pas méfié. Ou du moins, pas assez. Je me suis totalement laissé aller au bonheur parfaitement lâche de ne plus avoir à respecter ni chef, ni horaire, ni épouse, ni contingence d'aucune sorte ! Je m'en suis bien trouvé, sauf, bien sûr, Yvon. Certains jours, il me manque, cet animal-là. À m'en faire braire...

Et là, sur l'autoroute du Nord où, penaud, souffrant, vaseux, je traînais ma déroute, l'idée, bien nette, bien ciselée, s'est glissée en moi de me laisser porter, une fois de plus, par l'opportunité. Puisque j'y suis, dans le Nord...

À cet instant précis, il ne s'agissait de rien d'autre que de trouver un endroit confortable et paisible où me reposer. Je n'ambitionnais que de soigner cette épouvantable migraine et cette nausée qui me taraudaient la tête et l'estomac...

Au péage, sur le parking, j'ai fouillé dans la boîte à gants. Sans m'en étonner, j'y ai trouvé une carte de la région Nord-Picardie. Qui avait eu le geste prémonitoire de l'abandonner là ? La question ne m'est même pas venue à l'esprit. Je m'y suis tracé un vague itinéraire de petites routes en direction du village de mes jeunes années, mais j'ai trouvé plus raisonnable de commencer par me diriger vers le premier bourg où j'espérais naïvement me trouver un hôtel.

Les villages, ce n'est pas ce qui manque, là-haut. Où que l'on se trouve, il est bien rare qu'on ne soit pas en vue de quatre ou cinq clochers. Celui auquel j'abordai, et dont le nom m'échappe totalement aujourd'hui, n'était ni plus ni moins important que les autres. Il avait, en tout et pour tout, un seul commerce. C'était bien entendu un café, tabac, journaux.

Faute de mieux, j'y entrai. Trois consommateurs accoudés au bar se turent, observant mes moindres faits et gestes. J'eus tout le temps de me sentir mal à l'aise. Personne ne vint. Enfin, l'un d'eux osa m'adresser la parole.

– Peut-être bien que vous attendez quelque chose ?

Que faisais-je là ? Je ne le savais déjà plus très bien. Il eut le geste de se pencher légèrement vers moi, comme par sollicitude.

– J'aurais aimé un café. Oui, c'est ça ; un café bien fort, si c'est possible…

Tous les trois se redressèrent comme un seul homme et eurent des gestes si rassurants que je sentis sur le coup fondre ma fatigue.

– Un café fort, que vous voulez ? Ben, s'il n'y a que ça pour vous faire plaisir… Le patron… Où c'est qu'il est, celui-là ? Vous inquiétez pas. On est comme de la maison, nous autres. Votre café, on va s'en occuper…

Ils s'y mirent tous les trois. Je laissai faire, bien trop heureux d'éprouver le réconfort de l'intérêt qu'on portait à ma petite et douloureuse personne.

– Du lait, avec votre café ?

– Pourquoi pas ?

– Chaud, le lait ?

– Si vous voulez…

– Il y a des croissants. Vous en voulez ?

Allons pour les croissants !

– Combien ? Deux, trois ?

Mon estomac était partagé entre l'envie d'ingurgiter de quoi le caler un peu et la crainte de ne pas parvenir à l'avaler… Je préférai détourner mon attention. Pendant que se préparait laborieusement un véritable petit-déjeuner, j'observai distraitement un présentoir sur lequel des revues s'entassaient.

Hasard encore ? Je tombai en arrêt sur un guide régional des gîtes ruraux et chambres d'hôtes. Jamais, en temps normal, je ne me serais intéressé à ce genre de parution. Je m'en saisis pourtant.

– Tenez, on vous met un peu de confiture et du beurre. Comme ça, vous aurez tout ce qu'il faut !

À se demander ce que cela aurait été si j'en avais

passé la commande… On m'apporta le tout sur un plateau. Je remerciai d'un sourire.

– Blaquery, vous connaissez ?

La lippe sceptique, ils se consultèrent du regard.

– Blaquery ? C'est quoi, ça ? Un villache ?

Je confirmai.

– Un village, oui. Le mien. J'y suis né.

– Attendez voir…, se souvint opportunément l'un d'eux. Blaquery, c'est pas un tiot pays vers l'Catieu ?

D'abord, pas si petit que ça ! Et puis après, oui, c'était vrai, pas bien loin du Cateau… et puis de Caudry… Curieusement, ça me faisait le plus grand bien d'entendre voler ainsi des mots de patois qui me redevenaient sur l'instant parfaitement familiers. Et ça me faisait autant de bien de confirmer, de me régaler à la simple prononciation de noms qui ne souffraient pas de ne plus avoir été dits depuis plus de trente ans.

– Alors, comme ça, vous revenez au pays ?

En avais-je jamais eu l'intention ? En avais-je seulement l'idée avant qu'elle soit si clairement exprimée ? Il avait suffi de ces mots pour que l'évidence s'impose. D'une erreur d'ivrogne, j'allais faire l'opportunité d'un retour vraisemblablement depuis longtemps programmé.

Il se trouvait qu'une chambre d'hôte existait à Blaquery. La providence ! Sans elle, je n'aurais eu aucune raison pour avouer ainsi mes origines. Je n'aurais eu aucune chance de m'entendre dire une vérité que je me refusais à envisager depuis longtemps.

– C'est loin ?

– Pas encore trop.

– Vous connaissez la route ?

3

On ne comprend pas toujours pourquoi les routes du Nord arrivent à être à ce point zigzagantes alors que bien peu d'obstacles s'opposent à leur progression ! Elles n'en sont pas moins, même dans leur apparente fantaisie, d'une grande monotonie pour qui n'attend rien d'autre qu'un grand repos ! Ce voyage me parut d'une longueur insupportable. Je n'étais pas loin de renoncer et de me résoudre à garer ma voiture dans le premier chemin venu. J'allais m'abandonner à la formidable envie de dormir qui me faisait les paupières de plomb, lorsque, enfin, je dépassai le panneau d'entrée de Blaquery.

Le petit brin d'émotion qui se saisit de moi à la seule vue des lettres noires sur fond blanc du panneau routier me prit de court. Une larme vint trembloter au coin de mes paupières. Faute d'autre explication, je trouvai commode de la mettre au compte de ma trop grande fatigue !

Du village, à ce moment-là, je ne vis pas grand-chose. Le petit panneau émaillé indiquant la chambre d'hôte que j'avais réservée suivait de peu, sur la droite de la route, l'entrée du pays. En me garant à sa hauteur, je ne pus qu'imaginer, au bout de la perspective ouverte devant moi par la rue principale, après la place du monument, puis la grande, celle de la mairie, de l'école et de la salle des fêtes, la petite ruelle à gauche au bout de laquelle se dressait « ma » maison.

La suite est assez floue et sans grand intérêt... La conscience la plus précise que j'en garde est le regard un peu circonspect et vaguement réprobateur que posa sur moi la maîtresse de maison quand je réapparus après qu'elle eut osé venir frapper discrètement à la porte de ma chambre pour m'indiquer que le repas du soir allait être servi. J'avais dormi une bonne dizaine d'heures d'affilée, et me sentais toujours aussi vasouillard, malgré la douche que je venais juste de prendre.

Je n'en étais pas encore à me soucier des émois qu'allaient susciter en moi les découvertes successives de tout ce qui m'attachait encore à ce pays. Je n'imaginais même pas qu'ils puissent exister. Je n'en compris pas moins sur l'instant, en entrant dans la vaste salle de séjour de mes hôtes, ce qui, depuis que j'étais là, me donnait une impression de manque.

Propre jusqu'à perdre toute humanité, curieux mélange de dépouillement et de luxe ostensiblement affiché, cette grande pièce, par ses seules proportions, me fit la curieuse impression d'un déjà-vu aussi certain que lointain. Elle occupait toute la largeur de la maison et ne prenait le jour que par les larges baies trop modernes qu'on avait ouvertes dans le seul mur donnant sur la cour. Le mur du fond et le pignon étaient aveugles, mais, sur toute la largeur ou presque de ce dernier, on avait veillé à laisser apparente la forme caractéristique du long soupirail qui servait, jadis, en l'ouvrant à l'air de la rue, à maintenir dans la pièce le taux d'hygrométrie élevé qu'exigeait le travail du tulle.

Tous ces petits détails d'une vie locale à laquelle, au temps où j'habitais là, je n'avais jamais accordé le moindre intérêt avaient resurgi en un instant. L'un d'eux, pourtant, manquait. Le bruit sec et répétitif à l'infini de la navette glissant de droite à gauche puis de gauche à droite, dans les fils de trame, sous l'impulsion du jeu de pédales actionnées à longueur de journée par l'artisan. Il me revint à l'oreille avant même qu'on m'eût prié de prendre place.

Je m'immobilisai au milieu de la pièce. Mon sourire un peu béat surprit mes hôtes. Je crus leur devoir une explication.

– La navette ! m'exclamai-je. Pour un peu, j'entendrais son claquement !

– Vous savez ce que c'est qu'une navette ? s'étonna le mari, stupéfait.

Je le rencontrais pour la première fois. Nous ne nous étions pas encore salués. Il prononçait « chouc c'est qu'une navette » avec un accent du pays qui me ravit. Sa femme voulut le reprendre.

– Laissez. C'est moi qui devrais regretter de ne plus m'exprimer de cette façon.

– Ce serait-y qu'vous seriot d'euch Nord ?

Il en avait tellement envie et cela se voyait tant que j'éclatai de rire.

– Du Nord, bien sûr, mais plus encore d'ici, de Blaquery. J'y suis né et j'y ai vécu jusqu'à l'âge de vingt ans ou presque.

– C'est pas possible ! Vous êtes de Blaquery… Alors, je

vous connais. J'ai près de soixante-dix ans. J'ai jamais quitté mon pays. Alors...

– Et je vous connais aussi, fort vraisemblablement. Mais ça fait plus de trente ans...

– Et comment donc qu'on vous appelle ?

J'aurais dû commencer par là.

– Gabez. Luc Gabez. Mon père...

Je n'eus pas le temps de finir.

– Gabez ! L'père Gabez ! Si j'm'en souviens ! Il travaillait à la sucrerie, c'est bien ça ?

Je confirmai.

– Et toi, t'es sin fieu !

Est-il besoin de traduire ? Je ne savais plus très bien ce qui, de la spontanéité de la réplique ou du tutoiement, me bouleversait le plus. Je confirmai.

– Mes parents ont quitté Blaquery à leur retraite pour se rapprocher de nous. Ce qui fait...

– Ce qui fait que tu n'as plus jamais mis les pieds par ici, sacripant... Si c'est pas un malheur... Mais te voilà. Tu y reviens, au pays. C'est l'essentiel. Tu sais, je me souviens bien de toi. Maintenant que tu le dis...

Il y avait, dans ses propos, une telle sincérité, un tel plaisir à renouer que ce fut comme une puissante vague. Elle me submergea, gomma d'un coup les derniers stigmates de ma fatigue de la nuit précédente et fit naître en moi une envie aussi neuve que d'aller au bout, si bout il y avait, de ces retrouvailles avec moi-même. Il y avait une sorte d'immanence dans l'enchaînement des événements, conscients ou pas, délibérés ou pas, qui m'avaient fait aboutir là. Résister, s'opposer à cette espèce de pente naturelle des choses m'eût paru être du dernier mauvais goût !

Antoine Malézieux avait très peu travaillé sur le métier à tulle. Au temps de sa jeunesse, celui-ci occupait pourtant l'espace le plus large de la grande pièce qui, légèrement enterrée, au sol de terre battue, ne prenait alors le jour que par deux étroits fenestrons.

– J'y étais destiné, m'expliqua-t-il. Et si la mode n'était pas passée, chez les Américains, de capitonner les cercueils de véritable tulle de chez nous, j'y aurais certainement passé ma vie. Je me serais retrouvé, comme mon père, le dos cassé à l'âge de quarante-cinq ans et plus de risques de tuberculose que de coup de soleil ! Tu peux me croire. Il fallait avoir une carcasse bigrement solide pour résister au froid et à l'humidité de ces grandes pièces en sous-sol toujours ouvertes sur le ras de la rue…

– Et le bruit…, hasardai-je.

Il ne parut pas partager mon obsession de ces battements incessants qui, certains jours d'été, quand les soupiraux étaient grands ouverts, emplissaient l'air du village du staccato sec de leur acharnement à ne rien céder à la misère.

– Bof. Encore, le bruit, on s'y faisait. On finissait par ne plus entendre. Eh, il ne s'agissait pas que ça s'arrête ! C'était le pain du lendemain ou le ventre vide, ce bruit-là. Et on le savait bien, marche, même tout tiots !

Du jour au lendemain ou presque, tout s'est arrêté. On avait inventé, outre-Atlantique, le tulle synthétique.

– Restait quoi ? Le tulle pour les grands couturiers, un peu pour des bricoles comme les tutus des danseuses ou des trucs comme ça. Pas de quoi entretenir toute l'industrie qu'il y avait dans le temps autour de tout ça, expliquait encore le père Malézieux. C'est comme les mouchoirs, reprenait-il. Dans le temps, les roulotteuses à domicile, c'était quelque chose, ça. Les hommes étaient sur le métier, les femmes à roulotter les mouchoirs. Tu ne sais pas ce que c'est que de roulotter les mouchoirs ? s'amusa-t-il. C'est pourtant bien simple. C'est juste leur faire des ourlets roulés aussi fins et aussi discrets que possible. Si les hommes se cassaient le dos sur le métier, les femmes, c'était les yeux qu'elles laissaient sur les mouchoirs, pour les trois sous que leur donnaient les patrons.

Il prenait un plaisir évident à me raconter tout cela, comme si d'en avoir trop longtemps occulté le souvenir ne faisait que donner plus de force au retour de sa mémoire. Mais il parvenait avec beaucoup d'élégance à ne mettre aucune nostalgie, aucune amertume, ni dans la misère qu'il avait connue, ni dans le drame qu'avait dû être, pour tout ce petit peuple besogneux, la disparition soudaine de son gagne-pain.

– Bien sûr, disait-il, sur le coup, ça a été la catastrophe. Tu penses ! Ce n'était pas seulement plus de travail, c'était surtout qu'ils ne savaient faire que ça. Ils se sont vus perdus, jetés hors de chez eux, morts de faim…

– Ça n'a pas dû être drôle.

– Sûr, que ça n'a pas été drôle. Je ne dis pas le contraire. Sur le moment, surtout. Mais après, regarde donc… Moi, j'ai retrouvé du travail. Dans la mécanique. Ce n'est pas la même chose. Mais je gagnais mieux ma vie, je n'étais pas à la merci des donneurs d'ordre et je pouvais rester dans ma maison. Même le soupirail fermé ! Tu sais qu'on a apprécié ! Peut-être que j'ai eu de la chance. Peut-être que ça n'a pas été comme ça pour tous, mais la misère, elle n'a pas augmenté pour autant. Bien au contraire, elle a diminué.

Ce n'était que son point de vue, mais il était donné avec tant de paisible certitude qu'il prenait des allures de récit épique auquel je me laissais prendre. J'en redemandais.

– Toi, tu as envie de le redécouvrir pour de bon, ton pays, s'amusait-il. Tu vas commencer par mieux t'installer. Après, tu vas voir, je vais t'y emmener, moi, sur tes propres traces, celles de toutes les bêtises que tu as pu faire quand tu étais gamin, chez tous les gens qui peuvent s'en souvenir et même chez pas mal de ceux qui les ont peut-être bien faites avec toi !

4

– Tu as des bottes, au moins ? me demanda Antoine Malézieux le lendemain matin.

Nous nous préparions à partir en expédition. Il m'attendait au coin de la table du petit-déjeuner avec, dans les yeux, la pétillance que redoutent les parents dans ceux de leurs enfants ! J'étais prétexte à une véritable partie de plaisir, c'était évident. Sauf à le décevoir, ce qui n'était bien sûr pas dans mes intentions, je n'avais plus d'autre choix que de me laisser porter, d'entrer dans son jeu et d'accepter de le suivre dans les mille et une découvertes qu'il me promettait. On avait déjà connu, après tout, choix plus désagréable.

Mais avais-je seulement des bottes ? Je ne risquais pas de m'en être équipé spécialement pour la soirée de Gilles ! Elles ne m'auraient été d'aucune utilité au long des chemins non battus sur lesquels sa petite fête nous avait fourvoyés ! Il se pouvait pourtant qu'elles traînent encore au fond du coffre de ma voiture, abandonnées là depuis ma dernière promenade morvandelle.

J'eus tout le temps de chercher à m'en souvenir tant que dura ce véritable repas que fut le petit-déjeuner. « On ne démarre pas le ventre vide », proclamait sentencieusement mon logeur en poussant vers moi des déluges de charcuterie, de fromages forts, de laitages sous toutes les formes imaginables, de pâtisseries et de fruits.

On finit par partir avec la démarche un peu chaloupée des bons vivants à la sortie des repas du dimanche. Je n'avais pas oublié mes bottes pour autant.

– Où tu vas comme ça ? m'appela-t-il lorsque je me dirigeai vers ma voiture garée en face de chez eux. Viens donc par ici. On prend la mienne.

– Mes bottes !

J'ouvris tout grand le coffre de ma voiture. Je me penchai sur le copieux désordre qui l'encombrait pour tâcher d'en extraire les fameuses bottes. Et je le vis…

Un simple sac de voyage. Il était trop élégant, même dans sa modestie, et surtout bien trop propre pour être à sa place dans ce coffre de voiture encombré des restes d'innombrables expéditions antérieures.

Mes bottes étaient à côté, mais cela ne m'expliquait en rien ce que ce bagage à l'allure féminine pouvait bien faire dans la malle arrière de ma voiture. Féminine ! L'idée s'était spontanément imposée à moi. Ce sac-là appartenait à une femme. Je n'aurais pas su définir ce qui me poussait à l'affirmer, mais cela me paraissait l'évidence même…

– Oh ! Tu viens ? Je t'attends !

J'avais oublié mon cicérone autoproclamé. Il avait sorti sa voiture de son garage. Sans savoir que c'était la sienne, je la voyais en travers du trottoir, moteur tournant et portière du chauffeur grande ouverte, trop rutilante pour ne pas lui appartenir. Il venait à moi à grandes enjambées. Qu'allais-je lui dire ? Il ne pouvait pas ne pas remarquer ce sac. Nécessairement, il allait me questionner. Surtout, il ne fallait pas qu'il le voie. Je refermai précipitamment mon coffre et le verrouillai.

– Oui, voilà. J'ai trouvé mes bottes. On y va ?

Il eut l'air surpris, mais n'insista pas.

Je garde de cette journée un souvenir mitigé. Il s'appliqua à ne rien me faire manquer du plaisir des retrouvailles. J'aurais dû m'abandonner avec délectation. J'aurais dû m'enthousiasmer, lui montrer tout le plaisir et tout le bonheur que j'avais à remonter ainsi dans le temps. Je n'y parvins pas. J'étais bien attendri, ému ou reconnaissant, selon les cas, mais sans véritable conviction. Je le laissais faire. Il se chargeait de tout : des présentations, des explications. Il secouait au besoin les souvenirs que l'envie de se réveiller ne tracassait guère. Il me fit retrouver des copains d'école. À l'évocation de ce qu'elles appelaient le bon vieux temps, des larmes coulèrent sur les joues de vieilles dames pourtant souriantes.

J'aurais dû me montrer fier du souvenir chaleureux laissé par mes parents. Antoine Malézieux n'avait pourtant pas cherché à dissimuler la réalité.

– Entre ta famille et la mienne, tu le sais… Tu dois t'en rappeler… Ça n'allait pas trop bien…

Ça me revenait vaguement à l'esprit, par bribes. Mais quelle importance ?

– Des vieilles histoires, voulut-il me rassurer. Ce qui compte, c'est le souvenir qu'ont gardé les gens. C'est ça qui compte. Rien d'autre…

Ce fut tout de même comme une fêlure. L'image trop nette, trop clinquante, qu'il cherchait à m'imposer en ressortait comme brouillée, avec un flou qui m'empêcha de m'abandonner.

Il fallut que je redécouvre notre maison pour que je ressente une réelle émotion. C'était une petite ferme. La chose était courante à l'époque. L'homme travaillait dans une entreprise du coin ; la femme, outre la maison et les enfants, s'occupait de deux ou trois vaches, du cochon, de la volaille. On entretenait ce qu'il fallait de pâturage pour ce petit cheptel et on allait même jusqu'à faire un peu de culture ; du grain pour les animaux, des pommes de terre… Les plus chanceux, ceux qui disposaient d'assez de terres et des bras nécessaires, parvenaient à produire quelques « mancodées[1] » de betteraves sucrières. On se mettait à plusieurs pour les livrer à la sucrerie et on se partageait équitablement le petit surplus de revenu que cela apportait.

La maison avait été vendue. Ce n'était évidemment plus une ferme depuis longtemps. Sans lui faire subir de gros changements, du moins extérieurement, les nouveaux propriétaires en avaient fait une agréable maison de campagne noyée dans la verdure et les fleurs. Antoine Malézieux aurait voulu que nous allions frapper à leur porte. À la seule idée du cérémonial nécessairement compassé que cela allait provoquer, je refusai catégoriquement. Comment imaginer me présenter et expliquer à un inconnu que j'avais eu bien avant lui le droit de pousser cette même porte avec l'énergie et la négligence que j'y mettais quand j'étais enfant ; de courir dans ces couloirs, de gambader dans la cuisine, autour de la table

1. Mancodée : ancienne unité de mesure agraire utilisée dans le Cambrésis.

sur laquelle je vois encore les mains de ma mère pétrissant la pâte de la prochaine flamiche ?

« Chez moi », « chez nous » n'existait plus. Ou alors, il aurait fallu que l'idée de renouer un véritable dialogue avec le pays de mon enfance mûrisse longtemps en moi. Je n'en étais pas encore là.

Antoine Malézieux croyait bien faire. Il lui importait peu de savoir que le passé ne se ressuscite pas. À plusieurs reprises, je le lui dis. Il n'en persévéra pas moins, bien plus occupé des éclats de rire ou des larmes que des émois réels et plus secrets.

Cette quête facile d'évocation superficielle me fut vite insupportable. La façon qu'avaient tous nos interlocuteurs d'encenser ma famille sous prétexte de souvenirs m'indisposait profondément. Que mes parents aient été des gens remarquables, exceptionnels, ayant laissé un souvenir impérissable n'était pas le reflet complet de la réalité. Je le savais très bien. Que nous-mêmes, mon frère et moi, ayons été des gamins adorables, intelligents, gentils, prévenants et tout ce que vous voulez, donnait une image tellement faussée, partiale, unilatérale de notre enfance aussi turbulente que celle de tous les gamins de notre âge, que je finis par ne plus répondre quand, à la grande satisfaction d'Antoine, on me servait de telles fadaises.

Je n'avais pas envie de m'apitoyer ou de m'enthousiasmer. En fait, je me laissais porter, ne sachant pas ce que j'attendais de cette étrange parodie dont je m'étais très vite lassé. La présence de ce sac de voyage féminin dans le coffre de ma voiture finissait par m'occuper davantage l'esprit que toutes ces émotions à deux sous dont Antoine m'inondait en croyant bien faire.

Plus le temps passait et plus je mesurais ce que mon expédition avait de malsain et de vain. Elle n'était que le prolongement d'un moment d'égarement. Dès le premier instant, dans le café où je m'étais arrêté pour tenter de reprendre un peu mes esprits, j'aurais dû mesurer qu'on ne repart pas ainsi à la conquête de son passé. Ce que j'avais d'abord cru être un grand coup de chance me devenait si pesant que, lorsque Antoine Malézieux décréta que l'heure était venue d'aller prendre l'apéro avant d'aller « goûter la soupe de la patronne », comme il disait, je décidai pour ma part de rentrer à pied. Nous n'étions pas loin de chez lui, je n'avais guère que le village à traverser. J'avais besoin de ce moment de solitude auquel il n'aurait pu s'opposer qu'en admettant de laisser sa belle auto là où nous étions. C'était évidemment hors de question. Il consentit donc à m'abandonner à mon sort.

Nous sortions de chez un de mes anciens compères d'école et de maraude. À l'aune de nos souvenirs, nos retrouvailles auraient pu être un feu d'artifice d'anciennes complicités retrouvées. Nous n'avions fait qu'échanger des sourires soi-disant complices, mais en fait simplement polis. Comment lui étais-je apparu ? Je ne le sais pas. Lui, pour moi, n'était qu'un bon gros résigné un peu coincé entre un travail dont il s'était lassé, une femme obsédée par son paraître et deux enfants qui avaient compris depuis longtemps que leurs parents avaient renoncé à leurs rêves de jeunesse.

Yvon, au moins, savait ce dont son père était capable en fait de sonnettes tirées. Je lui avais amplement fait profiter de mon côté grand gamin sur le retour. Cela nous avait tout de même valu quelques belles rigolades. Nous avions cela en commun. Ceux-là ne nourrissaient aucune illusion quant aux capacités de leur père à se mettre à leur niveau. Ils assistaient à notre entretien. Je fus catastrophé par le regard qu'ils posaient sur nous. Que leur père n'ait plus rien à partager avec un ancien copain de classe me parut la pire des défaites à laquelle nous pouvions les faire assister.

En sortant de chez eux, j'avais des envies de nids de pies à aller « déjouquer », comme nous disions, et de mares à retrouver, où j'avais fait de miraculeuses pêches à la grenouille. J'avais envie de leur faire un clin d'œil et de leur dire : « Allez, banco ! On y va. » Ils seraient venus, j'en ai la conviction. Au lieu de quoi, ne croyant pas en moi plus qu'en leur père, ils avaient filé vers leurs chambres respectives avant d'avoir à assumer la corvée de nous dire au revoir.

J'étais enfin seul dans la rue. J'avais tout mon temps. Je pouvais traverser tout le pays à mon rythme. Je pouvais m'y retrouver en culotte courte et chemisette, cherchant du coin de l'œil la bêtise à commettre qui divertirait ma fin de matinée. Enfin, j'étais heureux de l'instant.

Ce fut si discret que je n'y prêtai pas tout de suite attention. Il fallut qu'elle répétât en osant forcer un peu sur le murmure qui lui tenait lieu de voix.

– C'est donc bien toi. Te voilà revenu, mais je vois bien que tu ne me reconnais pas…

Légèrement voûtée, le cheveu gris et la robe assortie, elle se tenait dans l'ombre d'une haie soigneusement taillée avec laquelle elle se confondait. Je ne l'avais pas remarquée, mais cette voix, cette immense douceur…

– Marie-Thérèse !

– Tout de même ! Viens, mon grand. On a tant à se dire.

Elle me précéda dans la grande cuisine au fond de laquelle, bien qu'on fût en été, le foyer rond de la cuisinière au charbon rougeoyait allègrement. Elle s'installa devant la table et y posa doucement ses mains croisées. Je me mis en face d'elle. Ma place avait toujours été là.

5

– Bien sûr, avec ce grand malfaisant d'Antoine Malézieux...

Elle n'avait pas bougé. Ses mains, toujours modestement croisées devant elle, sur la table, n'avaient même pas frémi. Il n'y avait eu que le ton tranchant de la voix et le regard noir posé sur moi.

– Marie-Thérèse...

– Quoi, Marie-Thérèse ? Qu'est-ce que tu vas traîner avec cet escogriffe ? Tu le sais pourtant bien...

– Je ne sais rien du tout. Et puis, avec le temps...

– Le temps ne fait rien à l'affaire. Si tes parents avaient été là !

Pour le coup, j'éclatai de rire.

– Marie-Thérèse, je ne suis plus un petit garçon. Je suis de passage. Les Malézieux m'hébergent. Je ne me souvenais même plus de tout cela.

– Ah, parce que, par-dessus le marché, ils t'hébergent... Un comble ! Tu ne pouvais pas venir chez moi ? Ce n'est peut-être plus assez bien pour toi ?

Si je m'attendais à cela... Je m'en voulais. Comment peut-on être si vite oublieux des plus chaudes amitiés ? Si seulement je l'avais un tout petit peu réfléchi, ce retour au village de ma jeunesse. Mais non ; je m'étais précipité.

Comment lui expliquer, à cette pauvre Marie-Thérèse, que c'était une bonne gueule de bois qui m'avait amené là… Elle si sage, si mesurée en tout ce qu'elle faisait, sauf dans l'affection qu'elle portait aux enfants qu'elle n'avait pas eus, savait-elle seulement ce que c'était, une bonne gueule de bois ?

Quel âge pouvait-elle avoir ? Pour moi, elle avait toujours été vieille. Petit déjà, je passais mes journées chez elle. Ma mère ne me cherchait pas. Quand elle avait besoin de moi, elle téléphonait à Marie-Thérèse. Elles en profitaient pour tailler une petite bavette, et moi pour me délecter de mes derniers instants de ce jour-là chez Marie-Thérèse !

Je n'ai jamais très bien su les raisons pour lesquelles cette femme faite pour donner de l'amour s'était retrouvée seule très jeune. On ne me l'avait certainement pas caché. Je ne m'en étais pas soucié. Le sujet ne m'intéressait pas. Tout ce qui comptait, pour moi comme pour mes frères et sœurs, c'était cette puissante source d'amour toujours ouverte, toujours disponible, à notre porte.

Marie-Thérèse n'était pas une seconde mère. Elle était autre chose. De l'amour, nous en avions à suffisance à la maison, mais le sien avait un autre goût : l'attrait irrésistible de ce qui dépasse un peu la norme.

Et voilà que je débarquais au pays sans me soucier de venir la saluer. Mesurerais-je jamais l'immensité de la peine que je lui causais ? Surtout en allant me faire loger chez les Malézieux…

– Enfin, Marie-Thérèse, tentai-je de plaider. Cette

brouille avec les Malézieux, ça ne rime plus à rien. Depuis le temps...

– Tu m'énerves, avec ton temps ! Ça ne change rien, tu le sais bien.

– Mais qu'est-ce qu'ils vous ont fait, ces gens-là ? Ils ne sont pas plus méchants que d'autres. Bon, une vieille brouille de jadis. On tourne la page. On ne va pas tout de même...

Elle ne me laissa pas finir.

– De quoi tu te mêles ? Ça a toujours été comme ça. Pourquoi veux-tu que ça change ? Nos familles sont brouillées ; elles sont brouillées, voilà tout. Il n'y a pas à en revenir.

– Et pourquoi elles sont brouillées ?

Elle eut de la main un geste d'ignorance.

– Est-ce que je le sais ? Ça remonte à la guerre. Peut-être même à celle d'avant, la Grande... Tu n'as qu'à voir ! Mais c'est comme ça. Ça ne se discute pas. Tu vas me faire le plaisir d'aller chercher tes bagages et de venir t'installer ici. Dès lors que tes parents ne sont plus là, tu ne peux habiter ailleurs dans ce village que chez moi. Tu le sais bien, d'ailleurs.

Avais-je bien devant moi la douce et caressante Marie-Thérèse ? Ce petit bout de femme un peu tassée par l'âge faisait preuve d'une telle résolution que je ne me sentais ni la force ni l'envie de résister. Résiste-t-on à Marie-Thérèse ? J'obtins simplement d'aller honorer le déjeuner préparé pour moi chez les Malézieux. Puis je dus leur annoncer que je les quittais. La question vint sur-le-champ.

– Vous quittez déjà le pays ?

Allons bon ! Comment mentir ? Je dus expliquer. Les

visages se fermèrent. Ce fut à peine si on se montra aimable lorsque je payai ma note, les remerciai pour leur bon accueil et leur promis bien inutilement de ne pas manquer de venir les saluer à mon prochain passage. Le temps que je glisse mon bagage dans le coffre, près de ce sac de voyage dont l'identité continuait de me tracasser, et la porte de la maison était déjà refermée…

Marie-Thérèse, elle, bien sûr, était sur son perron, toute souriante. Je compris que je m'étais fait prendre. Bon gré, mal gré, je venais de réintégrer le clan dont je n'aurais jamais dû m'écarter. Je n'avais plus qu'à bien m'y tenir. À partir de maintenant, il me fallait veiller à ne pas déroger à tout un ensemble de règles implicites qui marquaient mon appartenance à une partie de la communauté plutôt qu'à une autre.

Je n'eus même pas l'idée de m'échapper ! Il aurait suffi qu'après avoir accepté pour une nuit l'hospitalité de Marie-Thérèse, je prétexte n'importe quelle obligation professionnelle pour pouvoir partir la tête haute. Je restai et acceptai du même coup de me situer à nouveau dans le jeu complexe des relations locales. Je le fis délibérément, avec une sorte de grande jubilation.

Avec une adresse consommée, elle sut éviter de tomber dans le piège des souvenirs rabâchés. Elle me fit parler de moi, de l'échec de mon mariage, d'Yvon, de nos rapports et de tout ce que je regrettais de ne pas partager avec lui. J'entrai bien sûr dans son jeu et tâchai de lui offrir un moment de présence le plus dense possible. Mais plus le temps passait et plus je m'impatientais de ne pas pouvoir me concentrer sur cette énigme posée depuis le matin par ce bagage inconnu. Quelque chose me disait que la solution était à portée de la main. C'était trop me demander que de suivre attentivement le fil de la conversation dont se délectait la vieille dame, et de mettre simultanément à plat toutes les bribes de sensations ou de souvenirs un peu vaseux dans le fatras desquels je m'embrouillais.

Je pris le vilain prétexte d'une dernière cigarette à fumer pour sortir dans le jardin. Elle me posa la main sur le bras.

– À ton âge, dit-elle. Tu ne pourrais pas te déshabituer ?

Je me contentai d'un sourire faussement penaud et refermai la porte derrière moi. Enfin, j'étais seul. Je pouvais tenter de rassembler les éléments susceptibles de m'aider à répondre à cette question qui me tarabustait : qui était dans ma voiture alors que je quittais Paris et m'engageais par erreur sur l'autoroute du Nord ? Et d'ailleurs, était-ce bien une erreur ?

Il ne m'avait pas fallu longtemps pour admettre la seule réponse honnête qui vaille à l'énigme du sac. Non, bien sûr, je n'étais pas seul au départ de chez Gilles. Il n'avait pas fallu soumettre mon amnésie éthylique à trop forte épreuve pour que refassent surface les souvenirs d'une présence très chaude auprès de moi avant même que je quitte sa soirée. Qui était-elle ? Là, je calais. Aussi insultant que cela pût paraître à son égard, je n'avais plus de souvenir bien précis. J'entendais son rire ; il me semblait que j'avais pris beaucoup de plaisir à caresser de longs cheveux blonds et à sentir peser sur moi un regard de velours sombre… Mais pour le reste…

L'essentiel n'était même plus là. S'il s'agissait bien de la même femme qui avait posé son sac de voyage dans le coffre de ma voiture, pourquoi n'était-elle plus avec moi à mon réveil sur le parking du restoroute ? L'avais-je déjà déposée chez elle et avait-elle oublié son sac dans mon coffre ? Était-ce en la quittant que je m'étais engagé sur l'autoroute du Nord en pensant repartir vers le Morvan ?

À moins que…

Était-elle encore avec moi quand j'avais atteint ce parking sur lequel je m'étais endormi ? Et si, après tout, je m'étais engagé dans cette direction opposée à la mienne sur sa demande ? Peut-être habitait-elle dans le Nord ? Mais alors, pourquoi ce sac orphelin dans mon coffre ?

Et si j'avais redémarré de ce maudit parking en la laissant derrière moi, partie aux toilettes ou simplement prendre l'air ? L'hypothèse me faisait froid dans le dos ! Quelle horreur ! Non, ce n'était pas possible, je n'avais pas pu abandonner une femme sur un parking d'autoroute…

Et si quelque chose s'était produit qui faisait de moi un possible justiciable ?

Ce qu'il y avait de plus terrible c'est que, quoi que je fisse, mes souvenirs ne se précisaient pas. De grandes zones d'ombre subsistaient, je ne parvenais pas à discerner quoi que ce fût de cohérent.

Ce soir-là, j'abandonnai honteusement le sac au fond du coffre de ma voiture comme s'il suffisait que je l'y oublie pour que le problème n'existe plus.

Ma cigarette était finie depuis longtemps lorsque, sur la pointe des pieds, je traversai la maison pour regagner la chambre que Marie-Thérèse m'avait affectée. Celle-là même où, enfant, j'adorais passer les nuits d'absence de mes parents. Tous les prétextes, d'ailleurs, étaient bons pour justifier ces moments où je m'abandonnais aux rêves les plus fous sans la moindre crainte puisque j'étais chez

Marie-Thérèse. Tout y concourait, les grandes fleurs fanées du papier peint, la suspension qu'entourait une dentelle, le grand lit si haut qu'il fallait l'escalader et dans lequel, une fois que je l'avais atteint, je me pelotonnais sous l'énorme édredon de plumes.

Je la retrouvai identique à mes souvenirs et m'en attendris. Je retrouvai le gros édredon avec délectation. Dès que j'eus éteint la lampe de chevet, l'inquiétude pourtant revint.

Devais-je me reprocher une mauvaise action ? Une femme, quelque part, me vouait-elle aux gémonies ? Fixait-elle au plus profond d'elle-même l'image d'un mufle qui me ressemblait comme deux gouttes d'eau ? L'idée tournait à l'obsession. Il fallut que j'ancre en moi la volonté d'aller jusqu'au bout de cette enquête pour qu'enfin je parvienne à sombrer dans le sommeil.

6

J'eus toutes les peines du monde à faire admettre la vérité à Gilles. Non, je ne connaissais pas le moins du monde la charmante personne dont, selon lui, je ne m'étais pas séparé au cours de la joyeuse soirée passée chez lui.

– Mon salaud, s'amusait-il, tu as pris du bon temps ! On voit bien que tu en es un peu sevré, dans ta cambrousse ! Qu'est-ce que tu ferais s'il n'y avait pas les copains...

Suivirent toute une série de considérations plus oiseuses et usées les unes que les autres. Bref... Il me fallut faire preuve de beaucoup de patience et d'insistance pour qu'il finisse par comprendre ce que ma question avait d'angoissant.

– Mais non, mon pauvre vieux, finit-il par admettre, je ne vois pas du tout qui peut être cette fille. Et tu l'aurais abandonnée sur un parking de l'autoroute du Nord...

L'idée qu'il pût en être ainsi me paniquait tant que je l'interrompis.

– Non, je n'ai pas dit ça. Je ne sais pas, en fin de compte. Peut-être que je l'ai simplement raccompagnée chez elle. Ce sac, elle l'aura oublié dans mon coffre...

Le fou rire le reprit.

– Tu rigoles ? Toi, allumé comme tu l'étais, reconduire une telle fille chez elle et la quitter sur le pas de sa porte ? À qui tu veux faire croire ça ?

J'y avais bien sûr pensé, mais avais préféré ne pas m'attarder… En me rejoignant, il ajoutait à mon embarras.

– Alors, tu crois…

– Je ne crois rien du tout. Je te donne mon point de vue, c'est tout. Bon, je veux bien admettre que tu en tenais une bonne, mais tout de même : aller t'engager sur l'autoroute du Nord alors que tu devais prendre celle du Sud sans la moindre raison valable, elle est forte, celle-là ! Tu ne trouves pas ?

Je ne savais plus. J'avais tellement espéré qu'il me sortirait d'affaire en me révélant qui était cette fille. C'était tout le fragile édifice de mon enquête balbutiante qui s'effondrait. Où aller la chercher, maintenant ?

– Alors, toi, tu penses que je l'ai plantée sur le parking de l'autoroute ?

Mes scrupules et mes inquiétudes devaient commencer à l'agacer.

– Je viens de te le dire ; je ne pense rien du tout. J'essaie juste d'être logique. C'est tout.

– Logique ! C'est justement ce que je n'arrive plus à être. Qu'est-ce que tu ferais, à ma place ?

Cette fois, il ne chercha plus à dissimuler son ennui.

– Ce que j'en sais ! C'est ton problème, mon vieux. Remarque, il ne faut pas dramatiser non plus. Ce n'est pas une petite fille que tu as abandonnée sur ce parking. Depuis le temps, elle a dû se débrouiller. Tu peux toujours y retourner, si tu arrives à le retrouver, mais ça m'étonnerait qu'elle t'ait attendu !

– Mais son sac !

– Quoi, son sac ? Qu'est-ce qu'il y a dans son sac ? Tu as regardé ? Une petite culotte et un soutif... Rien de plus, je parie. Elle ne va pas ameuter le monde entier pour si peu. De toute façon, qu'est-ce que tu t'inquiètes ? Si elle y tenait tant, à son sac, à qui elle aurait téléphoné ? De qui elle détenait l'adresse ? De moi ! Comment ? Par quel hasard ? Ça, je n'en sais rien et j'aimerais bien l'apprendre un jour. Mais tant qu'elle ne m'a pas appelé, tu n'as pas à t'en faire. Promis, si j'ai des nouvelles, je te les balance aussitôt. Allez, profites-en, promène-toi bien dans ton Nord natal. Sacré Luc ! Une façon de retrouver ton pays, toi...

Une façon surtout, pour lui, de me signifier que notre entretien était terminé. Il m'avait pourtant donné une idée. Peut-être ma mystérieuse passagère avait-elle laissé une trace, un signe quelconque qui m'était destiné. Peut-être pourrais-je ainsi renouer le fil ténu de nos rapports. Illusion plus qu'espoir ? Oui, naturellement. Mais je n'avais rien d'autre à quoi m'accrocher.

Il y avait bien ce sac... L'idée de l'ouvrir, je l'avais évidemment eue. Mais ouvre-t-on le sac d'une dame ? Au fond, j'étais bêtement coincé entre les principes de ma bonne éducation et la réalité qui s'en fichait pas mal. Je savais que je finirais par l'ouvrir. Mais il me faudrait encore quelques incitations, quelques provocations comme celles de Gilles pour éteindre mes scrupules. Bref, je continuais à me trouver de bonnes raisons de remettre au lendemain les décisions qu'il me faudrait bien prendre.

D'autres que moi s'inquiétaient peut-être de la disparition de la jeune femme. Ceux-là pourraient, un jour ou l'autre, s'étonner de mon silence. Pourquoi avais-je gardé cette affaire pour moi seul ? Pourquoi n'avais-je pas donné l'alerte plus tôt ?

Sous l'œil étonné et critique de Marie-Thérèse à qui je n'avais pas dit les vraies raisons de cette expédition, je pris un matin la direction de Péronne et de l'aire dite d'Assevilliers.

La beauté d'un lieu, dans ces grandes plaines au charme tellement différent, ne tient évidemment pas à ce que retiennent ordinairement les guides de tourisme. Comment pourraient-ils, en une seule édition, décrire toutes ces lumières, toutes ces brumes, toutes ces ombres qui, au hasard de leurs rencontres et de leurs mariages, ne font jamais deux fois le même paysage ?

On ne décrit pas une de ces immenses plaines que je traversai. Peut-être, à la rigueur, les peint-on. Certains s'y sont essayés. Herbin, Ancelet y ont assez bien réussi. Mais ils sont des exceptions. D'autres les chantent et, si certains y sont assez bien parvenus pour que leurs refrains soient toujours fredonnés, c'est peut-être pour avoir pris le soin de ne jamais en ignorer la mesure humaine.

Car ces plaines-là, au-delà de tout le reste, on les vit. Leur beauté est d'abord dans la trace profonde, indélébile que leur laisse et entretient sans cesse l'activité des hommes. L'élégance de la courbe d'une route, qui souligne délicatement le galbe d'un coteau, c'est la peine prise, jadis, par ceux qui l'ont tracée, de suivre, pour les respecter, les limites des propriétés. Le rideau d'une rangée de peupliers qui rompt la monotonie d'une longue échappée de terres nues, ne doit rien au hasard. C'est l'obstacle qu'on dressa face au vent fou venu tout droit de la mer du Nord. À son abri se blottit la hutte. Il n'en est plus trace aujourd'hui bien sûr, mais les peupliers se dressent toujours au milieu de la plaine, et l'opulente « cense » plantée à deux pas de là, au milieu de ses terres, n'a oublié que pour la forme ses frêles origines.

La « cense », c'est la ferme dont le fermier, le « censier », payait l'impôt, le « cens », qui lui donnait rang d'électeur. C'était en un temps où on tirait orgueil du montant de ce que l'on donnait au fisc. Il en était fier, le « censier », de tout cet argent payé au fermier général. Il était le gage de sa réussite et du droit gagné à exiger du manant qu'il lui portât chapeau bas.

Autres temps heureusement révolus. La force du travail effectué là, génération après génération, depuis les essarteurs jusqu'au conducteur de l'engin le plus moderne et le plus puissant, n'en reste pas moins et restera toujours inscrite dans le paysage.

La beauté, ici, n'a que faire du viseur de l'appareil photographique du touriste qui ignore les nuances. Elle est dans l'œil satisfait de l'homme qui consent à se distraire quelques instants de sa tâche pour considérer la marque laissée par son travail dans le paysage. Elle ne dure que tant qu'il œuvre à améliorer encore et toujours, fils après père depuis l'origine des temps, l'osmose unique des matières, celle du minéral et celle de l'organique, dont naît cette nouvelle perfection esthétique.

Je m'en gobergeais en traversant ces plaines, à l'allure raisonnable de ma voiture dont je me souciais peu qu'elle exaspérât les autres automobilistes. Plusieurs me klaxonnèrent violemment. Je n'en eus cure. J'étais sous le coup d'émotions aussi riches qu'étrangères les unes aux autres. Retrouver la trace de cette jeune femme me semblait être la plus urgente de mes préoccupations, mais je ne savais toujours pas, ou préférais ne pas m'attarder à savoir ce qui prévalait de mon souci de prolonger des plaisirs si bien ébauchés chez Gilles ou d'assumer les conséquences de mes éventuelles turpitudes.

À cela se superposait la suggestion de ces retrouvailles imprévues avec mon pays. L'impromptu de l'événement en augmentait encore la force. Il libérait en moi l'expression d'une sensibilité que n'aurait pas manqué de brouiller le parti pris d'une démarche délibérée, préparée et programmée.

J'étais en attente. L'espoir et la crainte s'équilibraient, je n'éprouvais ni impatience ni prévention.

7

Une unité qui se défait... Ce fut bien, je crois, l'impression que me fit ce changement qui s'opère lorsqu'on approche, à partir de Vermand, de la zone de l'horreur absolue. Ici, durant tout le temps que dura la Grande Guerre, selon la terminologie officielle, on passait la ligne de front.

Restent, pour qui y prête un minimum d'attention, les dissonances, les espèces de désaccords profonds qui s'établissent parfois dans l'harmonie du paysage, au flanc d'un coteau, au long d'un vallon, à la sortie d'un village. Pourquoi, aux champs lisses tirés au cordeau, succèdent sans transition ces brèves zones de bosses et de creux, ces boqueteaux ébouriffés, ces langues de ronces jaillissant de quelques détours inattendus du terrain ? Ici, sous l'orage de feu et d'acier qui dura quatre longues années, passait l'épouvantable cheminement des tranchées, depuis les plages de la mer du Nord jusqu'aux confins de la Suisse. Ici, aujourd'hui encore, chaque automne, au pied des poteaux télégraphiques, s'empilent soigneusement les obus que remontent les socs des charrues.

Et puis tout à coup, la rigueur géométrique d'un cimetière militaire. Ils sont légion, ces carrés plus ou moins grands, mais tous irréprochablement tenus, aux haies taillées de frais, aux pelouses n'osant pas risquer, au ras des pierres tombales, la moindre herbe folle. Le monde entier y repose. Il n'est pas de continent ni de religion qui n'y ait pas sa place. Et les vivants aujourd'hui encore défilent à petits pas dans ces allées sous lesquelles gisent tant de jeunesses, avec à la gorge le nœud de l'émotion et de la mauvaise conscience.

Que leur regard vive, lorsqu'ils le laissent glisser, l'air grave, sur tous ces noms inscrits dans la pierre, n'est pas ce qu'ils se reprochent. Ils savent bien l'incapacité dans laquelle leur vie de confort et de facilité les met d'endurer tout ce que ceux-là, qui dorment sous leurs pieds, ont supporté. Tout, même l'espoir, leur avait été retiré. Les visiteurs s'en fustigent sans comprendre encore qu'à garder au fond d'eux l'interrogation horrifiée de ce qui s'est passé là, ils ont gagné l'autre force, plus considérable encore, de savoir et de pouvoir refuser qu'on leur vole tout, y compris l'espoir.

Enfin, j'atteignis les parages de l'autoroute du Nord. Pour rejoindre l'aire d'Assevillers, il me fallait y accéder au plus près de Péronne. Je cherchai ma route, hésitai, finis par m'égarer beaucoup trop au nord. Je tournai en rond sans m'éloigner de cette artère étroite qui draine l'Europe entière après qu'elle eut failli y sombrer. Sur le champ de bataille le plus épouvantable ayant jamais existé, se côtoient aujourd'hui une des autoroutes les plus cosmopolites d'Europe et la voie de chemin de fer à grande vitesse reliant Paris à Lille, Bruxelles ainsi qu'à Londres via le tunnel sous la Manche.

Je m'étais déjà fait la réflexion. Ici, sur quelques hectares, se retrouvent, se croisent et se superposent tout ce qu'il peut y avoir de plus féroce dans la nature humaine, et tout ce qu'elle est capable d'imaginer pour que mieux vivre ensemble ne soit pas un vain mot. Le pire et le meilleur. La violence déchaînée et le rêve d'amour le plus résolument utopique.

Il me fallut, pour le découvrir, déboucher de sous un pont. Celui qu'enjambe l'autoroute ou celui que franchissent les trains à grande vitesse ? Je n'en ai plus le souvenir très précis, mais peu importe. Un cimetière militaire ; encore un. Un de ces innombrables cimetières militaires émaillant la campagne de toute cette région. Celui-ci est de taille modeste. C'est peut-être ce qui lui vaut de se retrouver aujourd'hui pris entre l'autoroute, la voie ferrée de l'Eurostar et tout un réseau de routes locales[1].

Je suis resté un long moment immobile à mon volant. J'étais captivé et un peu choqué par le contraste existant entre la folle agitation m'environnant, et l'imperturbable recueillement.

J'ai fini par me laisser convaincre. Je suis descendu de voiture. Je me suis aventuré entre les pierres tombales. Sur ma gauche, sur l'autoroute, déboulaient à grande

1. Ce cimetière existe bien. Au lieu-dit tristement bien nommé de « l'Homme mort », aux confins des villages de Vaux-Vraucourt et de Saint-Léger, au nord de Bapaume, il dresse sa mélancolie entre l'autoroute A1 et la voie ferrée à grande vitesse qui dessert tout le nord de l'Europe.

vitesse les énormes camions routiers venus de toute l'Europe. D'où j'étais, je devinais, plus que je voyais, le flot hystérique des voitures qui les doublaient en direction de Paris. Je ne m'attardai pas au milieu de cet étrange carrefour, mais le peu de temps que j'y passai me donna tout de même l'occasion de sursauter à deux reprises, au passage brutal, sur ma droite, d'un Eurostar puis d'un Thalys.

À près d'un siècle de là, à me tenir ainsi, debout au milieu de cette plaine, j'aurais couru le risque d'être fauché par le tir d'engins de guerre alternativement d'un bord ou de l'autre. Sur ce minuscule bout de terre que rien alors, dans l'abomination de sa destruction, ne distinguait des autres, rien surtout ne pouvait laisser présager que viendrait le jour où les quelques hommes reposant là seraient au carrefour de l'Europe. Fallait-il, pour en arriver là, qu'on en passât encore par tant de folies meurtrières ? La question a perdu tout son sens.

Irrévérencieusement, une chansonnette me trottait dans la tête. Georges Brassens, bien sûr. « *Le jour du 14 juillet, je reste dans mon lit douillet… / La musique qui marche au pas, cela ne me regarde pas* » À Blaquery, dans ce temps-là, on ne nous demandait pas notre avis. Sous l'autorité de notre instituteur, nous marchions en rang par quatre en tête du cortège qui, de la mairie, montait jusqu'au monument au mort, dans le froid et la grisaille de chaque 11 novembre. Raison de plus pour que, depuis, je boude systématiquement tout ce qui ressemble, de près ou de loin, à une commémoration.

Yvon s'en est étonné. Les enfants ont de ces réactions qui nous laissent sans voix. Je ne m'y attendais pas, mais je crois avoir réussi à lui expliquer.

– Souviens-toi de ton grand-père, lui ai-je dit.

Yvon et mon père avaient été durant des années de redoutables complices. À la mort de son grand-père, alors qu'il avait une douzaine d'années, il avait su assez rapidement dominer son chagrin. Il lui avait substitué une profonde détermination dont le fondement n'était autre que la question, posée en toutes circonstances, de ce qu'il aurait fait, ou de ce qu'il aurait conseillé.

– Grand-père, il allait à la cérémonie du 11 novembre, me fut-il tout de suite opposé.

– Oui, il y allait tous les ans. Tu as raison. Mais t'y a-t-il seulement emmené une seule fois ? lui demandai-je.

Le regard grave et interrogateur qu'il posa sur moi fit évidemment chaud au cœur du père que je suis, toujours un peu inquiet de son influence.

– Non…, reconnut-il.

Il eut un large sourire complice.

– Je me suis bien gardé de lui demander pourquoi… Des fois qu'il aurait changé d'avis !

– Ça ne risquait pas. Je vais te dire pourquoi ton grand-père ne t'y emmenait pas. Quand j'avais ton âge, la question ne se posait pas. Nous étions obligés d'y assister. Mais lui n'y était pas favorable. Lui, tu le sais, il t'en a assez parlé ; la guerre, il connaissait. Il l'avait subie dans tous les sens du terme. Pas celle que l'on commémore le 11 novembre, bien sûr. Celle qui a suivi. Mais la différence… Et sa grande idée, c'était que nous qui ne l'avions pas vécue, la guerre, nous avions mieux à faire que de nous laisser endormir par les discours creux et grandiloquents qu'on nous sert dans ces occasions-là. Ce n'est pas parce que les politiques de l'époque ont berné les populations qu'on doit continuer de les laisser faire. Voilà ce qu'il disait, ton grand-père.

À ses lèvres légèrement pincées et à son menton en galoche, je voyais bien que mon fils n'était pas totalement d'accord avec moi.

– Oui, mais il disait aussi que ce serait très grave de ne pas se souvenir, d'oublier.

Je ne pouvais qu'acquiescer. Bien avant lui, j'avais parlé de tout cela et de bien d'autres choses avec mon père. J'ai eu la chance de pouvoir entretenir avec mes parents un dialogue que bien des fils m'auraient envié. Pourquoi n'en serait-il pas de même pour mon fils ? Je me penchai vers lui et le surpris en le fixant au fond des yeux.

– Dis-moi. Quels sont les souvenirs les plus forts, les plus chaleureux que tu gardes de lui ? Ceux de son enterrement, ou ceux de ces moments où vous avez si bien échangé, où vous avez abordé de tels sujets ?

Les yeux d'Yvan se sont embués. Il a détourné le regard, comme s'il ne voulait pas rencontrer le mien. Je crois qu'à cet instant-là, il m'en a voulu de la forme de ma question. Il ne s'est pourtant pas dérobé.

– Bien sûr que c'est quand on était ensemble…

Sa voix chevrotait légèrement malgré les efforts qu'il faisait pour dissimuler son émotion.

– Eh bien, pour le souvenir que nous devons bien sûr garder de ces guerres, ne serait-ce que pour ne pas retomber dans les mêmes erreurs, je crois que c'est la même chose.

Il ne voyait pas le rapport.

– Mais si, ai-je dû insister. Assister au cérémonial du 11 novembre, pour lui, c'était une question de solidarité avec tous ceux qui, comme lui, ont connu la guerre. Pour toi comme pour moi, cette solidarité n'aurait aucun sens.

Pour eux, il s'agissait de se souvenir. Pour nous, il s'agit de ne pas oublier. Ce n'est évidemment pas la même chose. Elle n'existera, cette mémoire, que si elle vient d'évocations concrètes, personnelles que nous nous serons bâties nous-mêmes. Te souviens-tu quand il t'a emmené visiter les cimetières de la Grande Guerre ?

Yvon s'est brusquement redressé.

– Il ne m'a pas emmené, a-t-il précisé. Je ne sais plus très bien d'où nous revenions ensemble. Il m'a proposé de me montrer. Avant de s'arrêter, il a attendu que je lui confirme que j'étais d'accord.

– Eh bien, tu vois ! C'est bien ce que je disais. Et, aujourd'hui, ces cimetières militaires, ils signifient quelque chose pour toi.

Il commençait à comprendre.

– Oui mais c'est quoi, ne pas oublier, pour quelqu'un qui n'a pas vécu tout ça et qui n'a pas eu la chance d'avoir un grand-père comme le mien ? Tu crois que c'est facile, toi, de ne pas oublier quand tu n'as rien de concret à évoquer ? Pour nous, les jeunes qui sommes nés tellement longtemps après tout ça, comment veux-tu que nous distinguions les faits les uns des autres si on ne nous donne pas des repères précis ? Tu te souviens, quand j'étais à la petite école…

Je l'ai interrompu tant le souvenir commun était fort !

– Si je me souviens ! « Mon grand-père, il a connu Louis XVI ? » L'instituteur en rigole encore. Le grand-père en riait peut-être un peu moins, mais tu peux tout de même te vanter de t'être payé un fameux succès.

– Normal. Je n'avais pas de point de repère. Quelles différences, pour moi, entre le XVIIIe siècle et les souvenirs de mon grand-père ?

La remarque pleine de bon sens de mon fils me revenait à l'esprit alors que, debout au milieu du minuscule cimetière, je contemplais la croix qui le domine. À cet instant précis, comme un nombre de fois incalculable chaque jour, elle avait encore pour fond un Thalys, un Eurostar ou un TGV, je ne sais plus très bien, qui défilait à plus de trois cents kilomètres à l'heure.

Quel mélange… C'était pourtant vrai : une fois dépassée la solidarité qui pouvait animer les hommes de la génération de mon père, que restait-il ? Le souvenir… Sous quelle forme ? Certainement pas celle des enfants des écoles au garde-à-vous et les discours insipides du 11 novembre. Alors quoi ?

Et si ce n'était rien d'autre, le souvenir, que cette permanence, cette irréductible présence d'une croix et de quelques pierres tombales alignées au cordeau sur une pelouse impeccable, à peine séparées du monde par de petites haies si bien taillées ?

– Dis, papa, c'est quoi ces tombes au milieu du carrefour ? Pourquoi elles sont là ?

Pour que, génération après génération, les mêmes questions ingénues obligent aux mêmes réponses. Pour les adultes m'ayant expliqué, pour mon père proposant à son petit-fils de savoir, pour l'obligation dans laquelle il m'avait mis de réfléchir, je l'aimais, ce minuscule cimetière.

8

Je ne trouvai évidemment rien, au restoroute d'Assevillers, qui puisse me mettre sur la trace de la propriétaire du sac de voyage. D'ailleurs, je n'avais plus la tête à la rechercher. Le minuscule cimetière, dans son carrefour, m'avait trop impressionné.

Je rentrai à Blaquery sans me presser. Je ne percevais plus les paysages qui m'entouraient de la même façon, mais je n'identifiais pas encore la nature du changement qui était en train de s'opérer en moi.

Depuis que j'étais enfant, on m'avait habitué à l'idée que, même s'il était le mien, je n'avais aucune raison de m'intéresser à ce pays et encore moins de m'y attacher, puisque j'allais le quitter. Je m'en étais éloigné avec d'autant plus d'indifférence que j'avais vingt ans et que je partais bien sûr à la conquête du monde. Je l'avais peu à peu oublié par facilité, en me laissant tenter par les nouveaux horizons vers lesquels m'entraînait la vie.

Je le retrouvais sans l'avoir voulu et le choc n'en était que plus fort. Marie-Thérèse dut le sentir. Si l'intuition est un don bien féminin, elle en était l'exemple même. Elle m'accueillit avec un large sourire et n'eut même pas la curiosité de s'enquérir de ce que j'avais fait de ma journée.

– Tu t'es bien promené ? me demanda-t-elle simplement en me tournant déjà le dos comme si ce n'était là qu'une interrogation de pure forme.

Ma réponse resta dans le même registre de la politesse indifférente alors qu'une idée s'imposait brutalement à moi. Il m'apparaissait tout à coup absurde d'avoir tant tergiversé. La nécessité primait sur les considérations de savoir-vivre. Il devenait urgent que j'ouvre ce sac. La probabilité qu'il contienne l'indice que je cherchais était maigre, mais je n'avais pas d'autre choix.

Lorsque j'eus siroté le thé que m'offrit Marie-Thérèse et croqué les deux biscuits dont elle l'avait accompagné, je prétextai je ne sais plus quelle urgence du côté de ma voiture et allai me saisir du fameux sac de voyage. Il commençait à accuser le coup des heures de route passées à être bringuebalé dans le coffre et surtout à s'y frotter à des objets divers et variés, poussiéreux pour les uns, gras de cambouis pour les autres…

Je m'installai sur le siège arrière et, sans le moindre scrupule, je l'ouvris. Je veillai simplement à ne pas me faire surprendre par ma gentille hôtesse. Précaution élémentaire : ses questions n'auraient pas manqué de me mettre dans le plus grand embarras. Comment lui expliquer des petites culottes et des soutiens-gorge généreusement étalés sur la banquette, en même temps que des pulls, des corsages, des pantalons et des jupes aussi charmants les uns que les autres, mais n'ayant rien à faire là ?

Un livre se trouvait dans une poche latérale du sac. La couverture, assez banale, annonçait le roman d'une certaine Stéphanie Brovsky. Le nom ne me disait rien, pas plus que le titre : *Mes années Nord.* Je n'y aurais pas attaché d'importance si ce bouquin n'avait pas été neuf. Personne ne l'avait lu. Ça se voit et ça se sent quand un livre a été lu, même si son seul lecteur a été une personne très soigneuse.

Ses pages collaient encore légèrement, il dégageait l'odeur caractéristique des ouvrages sortant de l'imprimerie et sa couverture n'était pas cassée au dos, là où, pour le confort de la lecture, on ne peut pas faire autrement que de forcer un peu sur la reliure. J'eus beau le feuilleter, je ne trouvai aucun marque-page, aucun de ces bouts de papier, tickets de métro ou de caisse qu'on utilise, faute de mieux, pour retrouver facilement le fil de sa lecture.

Pourtant, il m'intrigua assez pour être le seul élément contenu dans ce sac que je n'y remis pas. Je le glissai dans la poche de ma veste et me promis d'en attaquer la lecture le soir même. Bien malin qui aurait pu dire ce que j'espérais y trouver, mais, sans que je sache pourquoi, ce bouquin m'attirait. Il ne sortait pas de chez un grand éditeur. Je n'avais même jamais rencontré le nom de celui-là. Je lisais pourtant beaucoup, et de tout. Sur la quatrième de couverture, un texte bref expliquait que l'univers des mineurs et des corons dans lequel évoluait l'intrigue était celui qui avait vu grandir l'auteur. Pas une biographie, s'empressait-on de préciser, mais une puissante source d'inspiration.

Je le montrai à Marie-Thérèse et lui demandai si elle connaissait l'auteur.

– Oh oui, bien sûr ! On la connaît bien dans le Nord. Elle parle du pays ; surtout du pays des mines où elle est née. Et toi, tu ne la connais pas ?

Je ne pouvais que confirmer. Elle tournait et retournait le livre en tous sens, l'air étonné.

– D'ouc tu sors ce livre-là ? me demanda-t-elle en prenant plaisir à insister sur son accent.

Elle s'en serait soigneusement abstenue devant un visiteur, mais elle semblait estimer qu'il n'était que temps pour moi de m'y remettre.

Je n'en mentis pas moins.

– Eh bien, c'est simple. Je l'ai acheté.

Elle me sidéra en levant sur moi un regard presque soupçonneux.

– Tu l'as acheté ? s'étonna-t-elle. Ben, ce n'est pas mal, celle-là. Je ne l'ai jamais vu chez un marchand, moi, ce livre-là.

Elle me le rendit sèchement, un peu vexée que, par le plus grand des hasards, je sois parvenu à être plus rapide qu'elle. Ce fut à mon tour de considérer ce petit bouquin comme un objet qui me brûlait presque les doigts.

Je venais de comprendre pourquoi ce livre m'avait intrigué. L'auteur, Stéphanie Brovsky, et la propriétaire du sac qui continuait d'encombrer le coffre de ma voiture n'étaient qu'une seule et même personne : rien ne me l'affirmait, mais, dès cet instant, rien n'aurait pu m'en faire douter.

– Tu l'as déjà rencontrée, cette Stéphanie Brovsky ? demandai-je à Marie-Thérèse.

Elle me dévisagea comme si je débarquais de la lune.

– Bien sûr que non ! Qu'est-ce tu crois ? Ce n'est pas parce que tu fréquentes des gens de la haute que ta Marie-Thérèse doit en faire autant.

J'éclatai de rire.

– Des gens de la haute ! Tu penses ! Tu aurais pu la rencontrer à l'occasion d'une signature, d'une fête du livre, je ne sais pas…

Elle haussa les épaules.

J'eus beau tenter de lui démontrer son erreur, elle ne voulut rien entendre. Je ne me laissai pas faire.

– Si un jour j'en trouve l'occasion, je te la ferai rencontrer, moi, cette femme-là.

Prenais-je déjà mes désirs pour des réalités ?

Je me plongeai dans la lecture de *Mes années Nord.* L'auteur se racontait. On l'en aurait pardonnée et on y aurait même trouvé un certain plaisir si elle ne s'était pas fourvoyée dans un certain misérabilisme.

Ah, ma pauvre dame ! Quel courage il fallait, quel mérite, à vivre dans ces tristes corons ! Le patron ou, pire encore, son représentant, le petit chef, ne pouvait qu'être épouvantablement méchant, l'homme brutal, buveur et menacé de silicose, la femme aimante, courageuse, altruiste et… malheureuse. Tout cela n'était pas totalement faux, mais trop caricaturé, pour ne pas trahir le sujet même que l'auteur voulait glorifier…

Je m'en lassai vite. Pour fermer le livre, j'avoue avoir eu un geste un peu vif. J'étais déçu. De ma mystérieuse compagne d'une soirée, j'attendais plus. De quel droit ? Quel argument, hormis la haute idée que je pouvais avoir de moi-même, étais-je en droit d'avancer pour revendiquer, de mes relations d'une nuit, qu'elles soient à la hauteur de mes prétentions intellectuelles ? J'en souris avec condescendance à mon égard et n'y pensai plus…

Je préférai en revenir à des considérations plus concrètes. L'éditeur par exemple. Je lui téléphonai. Il me confirma sans difficulté qu'il publiait Stéphanie Brovsky depuis longtemps. Il ne dissimula pas la fierté qu'il en avait, mais s'étonna que je fusse déjà en possession d'un ouvrage pas encore en librairie. Je m'en sortis par une pirouette, en maintenant avec aplomb que cet exemplaire du dernier opus de la jeune femme m'était arrivé entre les mains par l'intermédiaire d'amis communs à qui elle en avait donné un exemplaire...

Les amis de mes amis étant mes amis... Mentant effrontément, je manifestai à l'égard de ce texte un enthousiasme délirant. J'espérais qu'il justifierait mon désir fou de rencontrer l'auteur d'un tel chef-d'œuvre...

Le résultat ne fut pas à la hauteur de mes attentes. L'homme de l'art ne fut pas dupe.

– Écrivez-lui à mon adresse. Je lui ferai suivre, me répéta-t-il.

C'était le moins qu'il pouvait faire, mais je n'en obtins rien de plus. Je crus comprendre qu'il ne l'avait pas vue depuis longtemps mais que cela ne l'inquiétait nullement. Du bout des lèvres, il accepta de noter mon numéro de portable et me promit de le lui transmettre s'il la voyait. Je ne jurerais pas qu'il eût réellement l'intention de le faire. Me prit-il vraiment pour un admirateur ou plus sûrement pour un gigolo cherchant par tous les moyens à draguer la jeune femme ? Je n'en sais rien.

Avec toujours, au fond de moi, la crainte d'éveiller la curiosité et de provoquer des questions embarrassantes, je n'insistai pas. Faute de mieux, je me rabattis sur la seule alternative qu'il m'ouvrait et me mis en devoir de rédiger une lettre à Stéphanie Brovsky, aux bons soins de son éditeur. Aussitôt finie et glissée dans une enveloppe, j'allai la poster, mais, au moment de la lâcher dans la boîte à lettres, je reconnais avoir ressenti un grand découragement.

Bien sûr qu'il ne la lui ferait pas suivre ; bien sûr qu'il ne lui transmettrait pas mon numéro de téléphone. Cet éditeur n'était qu'un malotru, un petit bonhomme qui prétendait user de l'obligation dans laquelle se trouvait la jeune femme d'en passer par ses services pour se faire valoir auprès d'elle et écarter tous les concurrents possibles…

J'étais évidemment de ceux-là et n'avais donc aucun espoir à nourrir de ce côté. Il me fallait renoncer, ou, si je tenais toujours autant à la retrouver, chercher d'autres pistes…

9

N'ayant, pour l'heure, aucune autre idée, il me restait à attendre. En fait, je ne m'y résolus pas clairement. Une lettre, au cas où il y en aurait eu une, n'avait aucune chance de me rejoindre chez Marie-Thérèse. Un appel sur mon portable ? La probabilité qu'il me parvienne était maigre.

Alors pourquoi suis-je resté chez Marie-Thérèse ? Si elle se posait la question, ce que je ne crois pas, elle sut à merveille s'en cacher. Que je prolonge sans raison apparente mon séjour chez elle, où je n'étais d'ailleurs arrivé que par le plus grand des hasards, ne parut pas l'étonner. C'était ainsi et c'était bien !

Elle m'avait repris tel que j'étais et s'était imposée à moi telle qu'elle était devenue. Sans nostalgie, nous prolongions simplement notre relation en nous payant le luxe d'y réinstaller le même rapport de force qui avait pu exister entre la femme et l'enfant que nous avions été.

Il y avait là un véritable jeu auquel, l'un comme l'autre, nous nous sommes adonnés avec beaucoup de plaisir. Mais, pour ce qui me concerne, le résultat fut inattendu et non dénué d'une certaine ambiguïté. Si je me refusais obstinément à entonner la facile louange du passé, celui-ci n'en existait pas moins et ne manquait pas une occasion de se rappeler à mon bon souvenir.

Ainsi, un matin, j'engageai résolument ma voiture sur la petite route que je venais de reconnaître. Elle n'était à l'époque qu'un simple chemin de terre. Nous en longions les talus, les jeudis de maraude. Nous nous appliquions ainsi à ne pas être repérés par les fermiers menant, dans les champs voisins, leurs attelées de « traits du Nord ».

Ainsi appelait-on les puissants cousins des chevaux ardennais que l'on préférait encore aux tracteurs. Il n'était guère que les mois les plus froids et les plus humides de l'hiver pour que le plus souvent par trois de front, ils n'offrent le spectacle paisible de leur force arpentant la plaine en tous sens. Le contraste était saisissant entre ces masses musculeuses et le simple cordeau utilisé par l'homme qui les suivait pour transmettre ses ordres et guider l'attelage avec une précision d'ajusteur.

Il suffisait que surgisse un souvenir, une simple évocation et les portes de la mémoire s'ouvraient en grand sans que je l'eusse souhaité. Pensais-je aux chevaux de trait du Nord avant que l'entrée de cette minuscule voie vicinale éveille les réminiscences de nos escapades d'écoliers ? Quelque chose, quelque part, en moi, décidait à ma place. Ce fut avec jubilation que, retrouvant ce chemin où nous redoutions, tant que nous n'avions pas atteint les bois, la voix tonitruante qui nous aurait renvoyés sans discussion d'où nous venions, je partis à la recherche de la mare où nous pêchions la grenouille !

Je ne l'ai pas retrouvée et cela vaut mieux. Que serait-il resté, aux yeux de l'adulte que je suis, du souvenir de l'enfant ? Les choses peuvent être différentes selon qu'on les regarde avec l'œil de la raison ou celui de l'émerveillement. À jamais, dans mon souvenir, le pauvre trou d'eau que quelques pelletées de terre ont dû suffire à combler, restera un rivage paré de tous les exotismes. En explorateurs téméraires, ne redoutant même pas la fessée paternelle que justifiait notre escapade, nous y étions enfin maîtres de nos destinées.

Des clous recourbés volés sur l'établi du garage, une ficelle de lieuse ramassée au coin d'une grange, un morceau de chiffon rouge étaient notre arsenal. Il fallait savoir agiter le leurre à la surface de l'eau pour que les petits batraciens, abusés, croient, d'une détente de leurs pattes arrière, attraper au vol je ne sais quel insecte. Aussi curieux que cela puisse paraître, cela marchait ! Nous possédions là un savoir-faire que rien n'égalait, surtout pas celui que notre maître d'école aurait bien aimé nous voir mettre en œuvre s'agissant de l'accord du participe passé ou de quelque autre subtilité de la langue française !

Pauvres grenouilles que notre indifférence et notre cruauté enfantines abandonnaient, en partant, à leur lente agonie. Le soleil, en rejoignant l'horizon, nous indiquait qu'il n'était que temps de reprendre le chemin du pays. Et si un ciel trop couvert nous le cachait, notre habitude des rythmes de la nature nous renseignait aussi sûrement que ses rayons.

Pas question, bien sûr, de rentrer à la maison chargés de nos butins qui auraient trahi nos expéditions clandestines. Il était bien assez, pour cela, des taches de boue et d'herbe, les pires à ce qu'il paraît, quand ce n'était pas les déchirures qui paraient nos vêtements. Nous savions à quoi nous en tenir ; nos parents aussi. Nous étions dans notre rôle en acceptant sans broncher la punition. Ils étaient dans le leur en nous l'infligeant. Nous n'aurions pas compris qu'il n'en soit pas ainsi.

J'ai eu toutes les peines du monde à faire faire demi-tour à ma voiture, au bout de cette toute petite route qui se terminait bien sûr en cul-de-sac, face au bourbier d'un chemin dans lequel je craignis un moment de m'enliser à tout jamais. J'eusse été là, enfant, j'aurais ri de ma maladresse d'adulte. Sans l'ombre de la moindre compassion, je me serais même tordu de rire !

Ce qui est bien la preuve que le possessif que j'applique avec complaisance à mes souvenirs ne sert en fait qu'à dissimuler ce qui nous en sépare à tout jamais et fait de nous des étrangers à nos différents âges. Le galopin déluré qui ne dédaignait pas pour autant de venir trouver quelque tendresse aux plis des jupons de Marie-Thérèse ne m'est définitivement plus rien. Je ne vois pas très bien ce que je peux revendiquer aujourd'hui du pays qu'il courait et aimait tant sans en avoir conscience.

Marie-Thérèse, bien sûr, m'avait ému en me reconnaissant et en osant m'aborder, à quelques jours de là. Je n'étais pas encore capable de mesurer l'immensité du bonheur que je vivais en séjournant près d'elle. Il y avait pourtant, entre elle et moi tels que nous étions à plus de trente ans de là, et tels que nous étions si heureux de nous retrouver, une différence dont j'aurais aimé pouvoir discerner à quoi elle tenait.

Peut-être Antoine Malézieux, en voulant à toute force me faire retrouver, dans le temps le plus court, le plus d'amis et de connaissances possible, avait-il provoqué une sorte de saturation d'où me venait cette impression de fausses retrouvailles.

Bien sûr, je connaissais ces gens. Des souvenirs s'éveillaient en moi auxquels ils avaient part. Je reconnaissais les lieux où ils vivaient, où nous avions vécu, bien qu'ils ne fussent plus tout à fait ceux de mes souvenirs. Ça magnifie les choses, les souvenirs ; surtout ceux d'un enfant. Et puis, fort heureusement, la mode était venue de nettoyer les briques dont les murs sont faits, de peindre les volets de couleurs vives et inattendues, de fleurir les appuis de fenêtre et les cours.

Avait-on le temps, quand j'étais gamin, de s'appliquer à réaliser de telles fantaisies ? C'était du moins le prétexte dont on habillait une sorte de renoncement qui voulait qu'il n'y ait plus rien à espérer des campagnes où nous vivions. Seuls les cancres les plus irréductibles, les ignares devaient y rester, pour leur plus grande pénitence. Les autres, tous les autres, dont les enfants de mon père, de ma mère et un peu, à notre façon, de Marie-Thérèse, ne pouvaient être à ranger que parmi les plus brillants, voués à une réussite éclatante. Ceux-là n'avaient pas d'alternative : ils prendraient le chemin de la ville.

Est-ce parce que je ne me suis jamais résigné à cette fatalité que le sort des quelques malheureux condamnés à rester au pays m'a toujours intéressé ? Qu'ai-je fait d'autre que de la refuser, lorsque nous nous sommes séparés, ma femme et moi ? Je lui ai abandonné sans regret l'appartement parisien que nous possédions, et me suis satisfait de la bicoque mal rafistolée de nos week-ends en Morvan.

Après tout, à voir vivre mes nouveaux voisins, à constater le bon état souriant de leurs villages, je ne pouvais que regretter le choix qu'on avait fait pour nous quand nous étions enfants. Ceux à qui, pour éteindre nos regrets de partir, on nous avait maintenu que nous abandonnions la mauvaise part, ne semblaient pas trop mal se porter. Et nous étions ceux à qui la vie avait imposé le plus d'ennuis, de chemins tortueux et de carrefours dangereux...

Bien sûr, nous nous reconnaissions. Mais eux n'étaient jamais que la continuation paisible d'eux-mêmes, améliorée de ce qu'ils avaient très bien su acquérir des nouveaux conforts de la vie. Nous, pour paraître, il nous fallait veiller à donner une image de nous-mêmes. Pour exister, elle devait se référer à des valeurs qu'ils étaient censés ignorer et dont, souvent, ils souriaient. Nous ne parlions plus le même langage et c'était probablement pour cela que j'aimais tant lorsque Marie-Thérèse ou d'autres me faisaient l'aumône de quelques mots en patois. Qu'ils jugent que je méritais cette familiarité m'allait droit au cœur.

Cela ne suffisait pas à m'expliquer en quoi j'étais encore des leurs. Le Morvan, où je traînais mes guêtres depuis des années, n'est pas réputé pour la qualité de son accueil. Et pourtant je m'y sentais comme un poisson dans l'eau. Rien ne m'y attachait, alors que je n'arrivais pas à trouver ce qui persistait à me lier à ce pays où j'étais né, mais où je n'étais plus chez moi.

Allons, faudra-t-il que je mette en concurrence le simple et rustique coup de rouge de l'hôte morvandiau, et la tarte montée des gens du Nord ? Je m'en garderais bien. Je voudrais simplement qu'il me soit donné de comprendre par quel mécanisme subtil je me sens aussi bien chez les uns que chez les autres alors que je ne suis pas de chez les uns et plus de chez les autres !

Est-il besoin d'être de quelque part pour exister ?

10

Mon séjour chez Marie-Thérèse se prolongeait sans qu'elle parût s'en étonner. Autour des tisanes qu'elle récoltait et fabriquait elle-même, dont elle m'exposait les vertus curatives de maux que je ne me connaissais pas, nos soirées se peuplaient de souvenirs réveillés. Elle me les distillait comme certains de ses breuvages, à petites doses parcimonieuses, mais si bien choisies qu'elles éveillaient immanquablement mille prétextes à rester encore et toujours, à prolonger la quête des traces de mon enfance.

Comment se peut-il qu'on oublie ainsi derrière soi des pages entières de simples bonheurs quotidiens ? Pourquoi sommes-nous négligents au point de regretter, longtemps après, la trace abandonnée du copain de classe ou de celle qui, en nous laissant prendre sa main, a fait naître en nous l'ébauche de nos premiers émois sentimentaux ? Marie-Thérèse, à force de récits vespéraux, me les faisait revivre.

Savait-elle les cabrioles auxquelles nous nous étions abandonnés, dans l'herbe du printemps, avec cette voisine dont, curieusement, elle me parlait si souvent ? La liane aux seins neufs, aux fesses pointues et aux nattes blondes qui furent si longues à renouer, avait abandonné aux ans la fraîcheur à laquelle j'avais goûté avec tant de fougue.

Ce n'était évidemment pas de cela que me parlait Marie-Thérèse. Elle avait pourtant tenu à me la faire rencontrer. La forte femme aux seins lourds mais avec, dans les yeux, la même limpidité qui m'avait jadis subjugué, avait soutenu mon regard avec si peu de gêne et un sourire si engageant que j'avais cru, sur l'instant, qu'il n'était plus de pages tournées... Et Marie-Thérèse, rayonnante, m'avait terrassé de son sourire entendu...

Je n'eus de cesse, bien sûr, de me retrouver en tête à tête avec ce premier amour. J'y mis tant d'impatience que je ne m'étonnai même pas de la soudaine et rare fatigue de Marie-Thérèse lorsque je profitai, un après-midi, de la caresse d'une brise légère pour aller me dégourdir les jambes. Je longeai le jardin de la maison d'où ma première conquête en était à surveiller l'envol de sa progéniture. Ceux-là vivaient exactement ce que nous avions jadis inventé pour eux et nous estimaient bien sûr incapables de comprendre ce qu'ils ressentaient.

Elle me l'expliqua après qu'un heureux hasard nous eut fait nous trouver de part et d'autre de la haie qui séparait son jardin du chemin que je suivais.

– Entre donc, dit-elle.

Nous fûmes vite installés devant des cafés fumants et quelques gâteaux secs autour de la table de la cuisine. J'étais comme un godelureau paralysé par la timidité. Rayonnante et non dénuée de charmes à la Mayol, elle régnait sans partage sur son petit univers domestique façonné par les ans entre un mari que j'imaginais et les enfants qu'il lui avait faits et qui y avaient grandi. Les uns et les autres y avaient accumulé leurs traces, leurs marques, volontaires ou accidentelles.

Et moi, je n'y étais rien. Nous nous étions mutuellement dépucelés dans l'herbe d'un pré à bien des années de là. Pourtant, cette anecdote essentielle pesait bien moins que les autocollants laissés sur la porte du réfrigérateur par ses enfants. J'étais d'ailleurs sur le point de filer, après que nous eûmes soigneusement tourné autour du pot, lorsque le premier d'entre eux apparut. Un grand échalas boutonneux au bon sourire faussement intimidé, qui n'avait rien à faire des raisons de ma présence avancées par sa mère. Il ne pensait qu'à aller se mettre devant son ordinateur.

Quand il eut disparu, alors que je prenais congé, elle éclata de rire.

– Tu crois que nous aurions fait mieux ? me demanda-t-elle.

Qu'en savais-je ? Je lui dis trois mots d'Yvon, de son goût tout aussi prononcé pour Internet et les consoles de jeux, et nous nous quittâmes. Je repris ma promenade là où je l'avais interrompue avec un arrière-goût d'incompréhension. Plus le temps passait, et moins il me semblait pouvoir me situer dans les arcanes de ces étranges retrouvailles.

Curieuse impression de coller sans difficulté à mes marques et à mes traces d'enfant tout en me sentant étranger dans la cuisine de la première femme qui s'était donnée à moi... Étions-nous condamnés à ne plus être tout à fait de chez nous dès lors que le temps avait fait dévier nos voies ? Celles-ci ne pouvaient-elles plus se retrouver ?

Cette réflexion me contraria. J'avais la désagréable sensation que, pour avoir dû m'éloigner de la fête, je devais me résigner à y assister sans plus pouvoir y prendre ma part. Plus on m'exprimait de plaisir à me voir, moins je voyais ce qui pouvait me retenir. On m'énumérait avec complaisance tout ce qui m'avait attaché. Mais on feignait de ne pas voir qu'il n'était pas un seul de ces liens supposés qui pût se renouer à l'identique.

Je ruminais tout cela en me laissant porter par le chemin que je suivais. Il longeait un bois en montant doucement au flanc d'un modeste coteau. Il est faux de maintenir que ces plaines ne connaissent pas de vrais reliefs. Ils sont discrets, imperceptibles, mais on s'étonne souvent de la force avec laquelle, sans que vous y preniez garde, il leur arrive de vous jeter à la figure l'immensité des paysages qu'une côte insignifiante vous fait tout à coup dominer. Je ne sais plus ce qui m'incita à me retourner. Prétendre que tout le village s'étendait à mes pieds serait certes exagéré, mais, de l'endroit où j'avais abouti, j'eus la surprise d'en retrouver une vue générale qui, une fois de plus, me projeta à plus de trente ans en arrière.

Au bord du chemin, une souche émergeait à demi dans l'herbe du bas-côté. J'eus tôt fait de m'en faire un siège. Je m'y trouvai bien. Le soir n'allait pas tarder à venir. Les ombres s'allongeaient. Peut-être l'heure convenait-elle à exonérer de leur laideur les bâtiments agricoles modernes et quelques ateliers ou entrepôts récents, en noyant dans l'ensemble leurs lignes trop fonctionnelles. À cette distance et sous cet angle de vue légèrement surélevé, le tout n'était en somme que fort peu différent de mon souvenir. La vision de ces toits de tuiles rousses en désordre, ces quelques bouquets d'arbres, le long corps élancé de l'église, et, plus loin, alentour, le moutonnement de cette plaine marquetée jusqu'à l'horizon de ses grasses cultures, étaient enfin le lien qui m'unissait à ce pays.

Depuis cette souche, j'étais chez moi. J'en ressentis un profond soulagement. Un lieu, aussi fruste, aussi limité fût-il, existait encore où se rétablissait la cohésion de ma vie.

J'y restai jusqu'à ce que le soleil ait totalement basculé derrière l'horizon. Puis, sans me presser, libéré, je redescendis jusque chez Marie-Thérèse dont je savais qu'elle m'attendait pour le dîner. Elle allait me faire les gros yeux, exactement comme quand j'étais enfant. J'allais faire celui qui ne voyait pas et on se mettrait à table comme si de rien n'était.

En passant devant chez ma première conquête, je la vis par sa fenêtre grande ouverte qui s'affairait dans sa cuisine. Nos regards se croisèrent. Elle me fit un signe de la main et me cria quelque chose que je ne compris pas bien. Ce devait être le bonsoir. Je lui répondis sans la moindre gêne et continuai en direction de chez Marie-Thérèse.

Il faisait doux. La pluie s'était éloignée, mais la terre en gardait le souvenir. Du mariage des fragrances dégagées par les plantes, les animaux des prés et l'humus gorgé d'eau, naissait un parfum à la fois puissant et indéfinissable. Il avait goût de vie.

11

La lettre transmise aux bons soins de l'éditeur restait sans réponse. Mon téléphone portable s'obstinait à se taire. Au fur et à mesure que le temps passait, je me laissais convaincre de l'inutilité de ma démarche et même de sa présomption. Personne ne semblant se préoccuper plus que moi de sa disparition, j'en étais venu à me persuader que j'avais dramatisé. En somme, pour éteindre mes inquiétudes, je me donnais bonne conscience par défaut…

Je ne renonçai pas pour autant. Après tout, si rien ne m'assurait formellement que Stéphanie Brovsky était bien la jeune femme que j'avais perdue sur le parking du restoroute d'Assevillers, rien ne m'interdisait de penser qu'elle puisse être la propriétaire du sac de voyage retrouvé dans le coffre de ma voiture. Or, Stéphanie Brovsky était connue. Les journaux, la télévision avaient dû parler de ses livres. Ce devait être une habituée des signatures. Il faudrait bien qu'un jour ou l'autre elle réapparaisse. D'autant que *Mes années Nord* sortait à peine en librairie.

Il me suffisait d'être patient. Elle ne pourrait pas manquer de venir le signer. Je n'aurais alors qu'à m'inclure à la file d'attente ! J'avais le souvenir des librairies où mes parents nous emmenaient faire provision de culture et la naïveté des béotiens pour qui la signature en librairie est l'incontournable récompense d'un écrivain, sa reconnaissance par tout son public unanime… Il ne me restait plus qu'à attendre l'affichette qui annoncerait l'événement.

Pour faire bonne mesure, avant d'entreprendre l'expédition jusqu'à la ville voisine où je me livrerais à ces opérations de repérage, j'écrivis à Stéphanie Brovsky, recopiai ma lettre autant de fois que nécessaire et la lui adressai aux bons soins de toutes les rédactions de la presse écrite, parlée ou télévisuelle de la région. Le plus difficile fut de me procurer toutes ces adresses. Je me souvins heureusement de la passion du fils de mon premier amour pour la navigation sur la toile. En présence de sa mère, très fière, il m'eut trouvé tout cela en moins de temps qu'il n'en faut pour le dire et m'assura même qu'il se ferait un plaisir, le cas échéant, de me donner quelques autres preuves de son grand savoir en matière de multimédia…

Une façon comme une autre de nous rappeler, à sa mère et à moi, que nous n'étions que des vieux que leur incompétence crasse face à un écran d'ordinateur disqualifiait une fois pour toutes ! Ainsi congédiés de son univers, nous en rîmes beaucoup, dans la cuisine où nous nous étions réfugiés, tout en nous contemplant mutuellement. Il nous fallait peut-être nous persuader qu'au-delà de ce que nous avions été, nous existions encore…

Je n'allai pas jusqu'à lui expliquer les raisons de mes recherches. Je pris congé. Nous osâmes nous faire la bise en nous quittant. Je remarquai, en m'éloignant, qu'elle restait longtemps sur le pas de sa porte.

Toutes ces lettres restèrent sans réponse. Il fallait s'y attendre. Ma plus grande déception vint de la ville où j'étais parti chercher la boutique dans laquelle, jadis, nous achetions livres et fournitures d'école. J'avais dans la tête une lumière tamisée, des éclairages indirects, des odeurs de papier, d'encre et peut-être un peu de poussière. Je gardais le souvenir d'un homme très grand portant moustache et lunettes cerclées de fer, qui nous accueillait invariablement debout près du pupitre noir abritant sa caisse.

Nous aimions traîner entre ses rayons, jusqu'à ce que tombe sous nos yeux le livre ou la bande dessinée qui nous tentait. On nous retrouvait recroquevillés contre les étagères, la lecture enviée bien coincée sur les cuisses et perdus dans l'onirisme d'univers dont nous n'acceptions de revenir qu'à condition de repartir avec l'ouvrage qui les contenait sous le bras. Notre mère se récriait, jurant qu'on la ruinerait, mais cela faisait partie du jeu. Le libraire souriait près de sa caisse. Nous insistions juste ce qu'il fallait pour que les apparences soient sauves et nous repartions avec nos livres bien serrés contre notre cœur.

Le magasin existait toujours. Mais il avait totalement renié l'aspect ombreux du lieu. Par quel stratagème les parents d'aujourd'hui ouvraient-ils le monde de la lecture à leurs enfants entre les froides et fonctionnelles gondoles de cette étrange grande surface ? J'étais consterné.

Le livre de Stéphanie Brovsky était en pile sur une table près de la caisse. Mais pas la moindre affichette annonçant une prochaine signature. J'eus la naïveté de m'en étonner auprès d'un vendeur.

– Une signature ! me dit-il comme s'il s'agissait de quelque chose d'infiniment rare et d'infiniment précieux. Vous savez, de nos jours, ça ne se fait plus guère.

– Mais enfin, Stéphanie Brovsky est du coin. Elle est connue, non ?

– Oh oui, bien sûr. Tout le monde la connaît. Elle a déjà signé ici, d'ailleurs, mais il y a longtemps. Je n'étais pas encore là.

Et il s'éloigna pour aller poser ses bouquins sur le coin d'une table. J'attendis qu'il revînt.

– Et maintenant, elle ne signe plus ?

Mon insistance devait commencer à lui peser.

– Je n'en sais rien, me répondit-il avec, dans la voix, la petite pointe d'exaspération dont il espérait certainement qu'elle me découragerait.

Il n'en fut évidemment rien !

– J'aimerais bien la rencontrer.

Il s'éloignait déjà.

– Vous savez, dit-il, la mode n'est plus aux signatures en librairie. Ce sont les salons. C'est dans les salons que vous la rencontrerez. On en fait même dans les petits villages, maintenant. Tenez, justement, dans quelques jours, pas bien loin de chez elle…

Il se saisit d'un prospectus dont je n'avais pas remarqué la pile, entre les livres, me le tendit et il disparut.

Le petit document n'avait pas eu la chance d'être créé sur les écrans d'un studio de conception graphique. Sa rusticité faisait plaisir à voir. En grosses lettres noires sur un fond vert fluo d'un effet saisissant, il annonçait la prochaine présence d'une bonne vingtaine d'écrivains et éditeurs régionaux dans la salle des fêtes d'une bourgade dont le nom ne m'était pas inconnu, mais que je ne situais pas.

« Pas bien loin de chez elle », m'avait dit le vendeur. C'était un progrès notable dans l'avancement de mes recherches. Une carte étalée sur sa table de la salle à manger n'aurait pourtant pas manqué de rendre inévitables des questions de Marie-Thérèse. Pour les éviter, j'allai m'installer à la terrasse du café.

Quelle que soit leur échelle, les cartes m'ont toujours captivé. J'aime la correspondance que chacune d'elles établit entre la réalité du terrain et l'image qu'elle en donne. Celle-là pourtant me déconcerta. Il faut être habitué à la densité des zones habitées du Nord pour ne pas se perdre dans leur lacis. Totalement indifférent au bruit et aux allées et venues du café, je tentais sans grand succès de m'y orienter lorsqu'une main se posa sur mon épaule.

– On m'avait dit que tu étais revenu au village, mais je n'avais pas voulu le croire.

Interloqué, je levai les yeux et éclatai de rire. Plus de trente ans que nous ne nous étions plus croisés et l'impression de nous retrouver comme si nous nous étions quittés la veille ! Georges Corsal, mon compère, celui sans la complicité duquel je ne peux pas envisager mes jeunes années.

– Georges ! Je ne savais même pas que tu étais encore ici.

Sans façon, il s'installait sur la chaise en face de moi.

– Si tu encombrais un peu moins cette table avec ta carte, je pourrais poser mon verre.

Georges tout craché. Il tenait son demi à la main.

J'avais l'impression d'une énorme bouffée d'amitié qui nous enveloppait tout à coup. J'étais heureux.

– Qu'est-ce que tu cherches là-dessus ? s'étonna-t-il pendant que je m'empressai de plier ma carte. Tu ne te retrouves donc plus dans ton pays ?

Je lui parlai du salon.

– Montre, me dit-il.

Il n'eut pas besoin de la redéplier totalement pour trouver le bourg où allait se tenir ce salon du livre.

J'en profitai.

– En fait, je cherche où habite Stéphanie Brovsky. Tu sais, l'écrivain... On m'a dit que c'était dans le coin.

Il eut une moue d'ignorance.

– Connais pas. Tu sais, moi, la lecture... Tu te souviens ? Ça n'a jamais été mon fort.

C'était vrai ! Et c'était peut-être la seule chose qui ait pu nous séparer au temps lointain où il pestait de ne pouvoir me sortir d'un bon bouquin quand il avait l'idée d'une virée quelconque ou d'une bêtise à faire.

– Ça ne nous a pas empêchés de nous en payer de bonnes ! jubilait-il.

J'approuvai bien sûr et rêvai déjà d'une complicité renouée.

– Tu habites toujours ici ? Curieux que personne ne me l'ait dit. On le savait, pourtant, que nous étions bons copains.

– Un peu trop peut-être ! ironisa-t-il. Mais non, je n'habite pas ici à plein temps. Je travaille à Lille. Je reviens souvent en week-end, c'est tout. Seulement, moi, j'étais déjà informé de ta présence. Et tu te doutes qui me l'a dit.

Je ne voyais pas. Il n'y crut pas et tenta de me faire

parler. Je ne pus que confirmer mon ignorance. N'importe qui avait pu lui parler de cette sorte d'événement à l'échelle du village qu'avait été ma réapparition. Il finit par admettre mon innocence.

– Tu es tout de même gonflé, crut-il bon de juger avant de mettre fin au petit suspense qu'il avait laissé s'établir.

– Gonflé ? Et pourquoi donc ?

– Ou alors, tu es complètement naïf. Tout de même, débarquer chez le père Malézieux...

– Et alors ? m'étonnai-je sincèrement. Bon, d'après Marie-Thérèse, il y a eu de la brouille entre nos familles... Et après ? Est-ce qu'on sait seulement encore pourquoi ils se chamaillaient ?

Son regard me mit mal à l'aise. Il me sondait et ne parvenait certainement pas à croire que je puisse être sincère.

– Tout de même, insista-t-il, tu ne peux pas dire que tu ne te souviens plus...

C'était si important ? Je me rendais donc coupable d'impasse sur ce qu'ils semblaient considérer comme essentiel, inoubliable.

– Ben... non. C'est donc si important que ça ? Tu sais, on n'en parlait pas, à la maison. C'était comme ça, un point c'est tout. Les Malézieux, on les tenait un peu à l'écart. On ne leur parlait pas. Mais ça n'empêchait pas de vivre. On n'était pas seuls, dans le pays. La preuve, nous deux...

Le rappel au passage de notre amitié lui plut. Il eut un large sourire qui me fut un soulagement. Mais il était clair qu'il n'entendait pas que nous changions de sujet. Moi non plus, d'ailleurs. C'était l'occasion d'éclaircir ce mystère qui faisait de moi l'ennemi juré de quelqu'un qui ne m'avait rien fait d'autre que de bien me recevoir.

– Tout de même, j'aimerais bien comprendre.

Il ne parvenait pas à admettre que je puisse ignorer la brouille entre nos familles.

– Enfin, Luc, s'exclama-t-il, ne me dis pas... Ton arrière-grand-père...

– Eh bien quoi, mon arrière-grand-père ? Lequel ? Celui du côté de mon père qui travaillait déjà à la sucrerie ? C'est bien celui-là ? Les autres... Qui s'en souvient ? Il n'était pas d'ici. Il est arrivé juste après la guerre, la Grande, celle de 14-18. Ce n'est tout de même pas pour ça ?

Georges réagit plus vivement que je m'y attendais.

– Bien sûr que non. Tu sais qu'on a le sens de l'hospitalité, par ici. Toi-même... tu n'es pas autrement que les autres. Ton arrière-grand-père... le problème n'est pas qu'il venait d'ailleurs.

Aussi stupéfiant que cela puisse paraître, je pus lire dans le regard de mon ami toute la difficulté qu'il allait avoir à prononcer des paroles depuis longtemps bannies des conversations. Il avait pourtant compris qu'elles devaient être dites pour que, entre nous, les choses reprennent comme avant.

– Ton arrière-grand-père..., reprit-il avec difficulté. Ce n'est pas tant lui que le vieux Malézieux de l'époque. Il travaillait déjà à la sucrerie. Il y en a eu pour affirmer qu'il l'avait sauvée, pendant la Grande Guerre, et d'autres pour maintenir qu'il avait un peu trop... Comment je vais dire ? Quoi, il ne s'était pas trop opposé aux Boches. On était en zone occupée, ici. Tu le sais. Ça n'a pas été une période trop facile. Tout ce qui était produit, ça filait en Allemagne alors qu'on crevait de faim. Le vieux Malézieux, à ce qu'on a maintenu, il aurait plutôt favorisé les réquisitions... C'est ce qu'on a dit à l'époque... Va savoir... Toujours est-il qu'après la guerre, il a été écarté de son poste, rétrogradé simple ouvrier et on a fait venir ton arrière-grand-père pour le remplacer. Il ne lui a jamais pardonné. Ils ne se sont jamais pardonnés... Ne me dis pas que tu n'étais pas au courant.

J'en restai sans voix. Bientôt un siècle et les mêmes rancœurs, inchangées, aussi intactes que le souvenir, là-bas, au pied de la croix, entre l'autoroute et la voie à grande vitesse... Je restai un long moment silencieux, la nuque appuyée sur la moleskine de la banquette, les yeux dans le vague. Puis je cherchai le regard de Georges et y accrochai le mien.

– Tu y crois ? lui demandai-je.

Il n'hésita pas.

– Bien sûr, dit-il.

– C'est con !

– C'est vrai. Mais quoi ? C'est l'homme...

La fatalité... ! Énorme, monolithique, le passé se dressait inévitablement entre chacune des personnes que je retrouvais et moi. Il n'y avait là rien que de très prévisible, mais je ne parvenais pas à m'y faire. Comment dépasser ces montagnes de préjugés pour rejoindre mon pays et mes amis autrement qu'au travers du filtre déformant d'actes et d'événements auxquels je n'avais eu aucune part ?

Georges tripotait son verre en silence. Il respectait ma réflexion dont le sens ne lui échappait évidemment pas.

– Tu es là pour longtemps ? me demanda-t-il enfin.

J'eus un geste d'ignorance.

– Je n'en sais rien. Si je suis là, c'est par hasard ; alors...

À lui, je pouvais raconter. Mon réveil sur un parking d'autoroute que je croyais être loin au sud de Paris le fit se tordre de rire. Il eut bien du mal à retrouver son sérieux quand je lui avouai que j'avais bel et bien perdu ma passagère en cours de route.

– Au fond, tu es juste là pour aller au bout de ce que tu as commencé chez ton copain ! résuma-t-il, l'œil déjà presque salace.

– Peut-être, quand je suis arrivé. Maintenant il y a autre chose. À me demander d'ailleurs ce qui a le plus d'importance : ce sac à rendre à sa légitime propriétaire ou comprendre ce qu'est devenu mon pays, ceux qui l'habitent et moi par la même occasion.

– Pour le premier volet de tes suggestions, ce n'est pas moi que ça regarde. Si je peux te donner un coup de main, ce sera avec plaisir ! Mais pour le reste... Tu me donneras tes conclusions. On ne sait jamais ; ça peut toujours servir...

12

– Il a fallu qu'il te remette la main dessus, celui-là !

Marie-Thérèse avait le don des formules aussi brèves que percutantes. J'avais d'ailleurs pu juger à son œil toutes les réserves que lui inspirait le récit que je lui faisais de ma rencontre avec Georges Corsal.

– Tu as quelque chose à lui reprocher ?

Ses pincements de lèvres et ses réserves à l'égard de toutes les personnes que je retrouvais commençaient à m'énerver. Elle en était parfaitement consciente, mais n'en campait pas moins sur ses intransigeantes et tatillonnes positions.

– Mon pauvre gamin, osa-t-elle. Tu ne changeras donc jamais.

Elle avait compris que je n'allais pas tarder à me rebiffer et s'empressait de prendre les devants. Pour cette fois encore, j'eus la patience d'attendre que tombent ses jugements sans appel.

– Georges Corsal est un garçon charmant, me concéda-t-elle. Je n'ai rien à lui reprocher… Ce n'est pas de sa faute. Il n'y est pour rien, mais que veux-tu… Est-ce qu'on peut y changer quelque chose ? Tu sais bien que non. Tu sais toutes les réserves de tes parents au sujet de sa famille…

Non ! Autant que je m'en souvienne, mes parents n'émettaient pas la moindre réserve à l'égard de mon ami Georges et de ses parents. À la rigueur pouvait-on leur reprocher une certaine partialité. Partant du principe que leur fils était par définition exemplaire, ils avaient tendance à soupçonner ce pauvre Georges d'être l'instigateur des bêtises que nous faisions de pair. Rien là de bien méchant, ni de nature à nous empêcher de passer l'essentiel de notre temps libre ensemble.

– Chez toi ! triompha tout à coup Marie-Thérèse.

Je la dévisageai un long moment sans comprendre. Bien installée dans sa chaise, en face de moi, le dos parfaitement droit contre le dossier, les bras croisés sur sa poitrine, elle me considérait avec commisération.

– Ben oui, chez moi. Et après ?

Elle eut un bref haussement d'épaules qui ne fut pas loin de me faire perdre mon sang-froid.

– Et pourquoi crois-tu que tes parents t'interdisaient d'aller chez ces gens-là ?

– Parce qu'ils me l'interdisaient ?

– Bien sûr qu'ils te l'interdisaient. Ne fais pas celui qui ne se souvient pas.

– Soit. Et pourquoi donc, selon toi ?

La persistance de mon obstination à ne pas vouloir me souvenir la sidéra. Elle perdit un peu de sa belle contenance. Se pouvait-il que je sois sincère et que j'ignore pour de bon les raisons de cet ostracisme familial ?

– L'église. La messe, M. le curé…

Elle ne savait pas trop comment exprimer tout cela et se contentait d'énumérer. J'eus pitié d'elle. Ses quelques mots confirmaient qu'il s'agissait bien de ce que je pensais.

– Ah ! Parce que, chez les Corsal, on allait à l'église…

– Bien sûr, triompha-t-elle. C'était curé et compagnie, là-dedans. Des grenouilles de bénitier… Ton père…

– Ah, ça, bien sûr, mon père ! Il ne devait pas trop apprécier. C'est simple, je n'ai jamais mis les pieds à l'église de Blaquery. Un lieu interdit, un lieu de perdition, selon lui. Il n'était pas le seul…

– Il était terrible, ton père, pour ça…

Et pour tant d'autres choses !

– Pas bon caractère, mais le meilleur des hommes. Tu le sais.

Elle eut de la main un geste bref, mais qui, pour moi, renvoyait au respect et à la profonde admiration qu'il avait su nous inspirer. Marie-Thérèse, pour ne pas être de la famille, n'en pensait pas moins.

– Ton père…, dit-elle simplement.

Pour la première fois depuis que je me laissais aller à parcourir à nouveau les allées de mon passé, elle était parvenue à m'attirer à nouveau dans le camp de ma famille. Elle n'allait évidemment pas tarder à tenter de transformer l'essai de cette première victoire en irréductible opposition à ceux qui n'étaient pas de notre bord. Je n'étais pas décidé à me laisser faire. Je pris les devants.

– Hé oui, m'empressai-je. Brave homme, mon père ; homme de bien, mais pris dans les contradictions de son époque. Déjà, tu vois, quand j'étais gamin, nous ne nous y arrêtions plus, à ces histoires-là. Ce n'est pas pour y retomber maintenant.

– Parce que tu t'imagines que c'est fini, tout ça ?

Parce que tu t'es affranchi du pays, parce que tu y reviens quand bon te semble, tu crois qu'on n'attendait que ça pour prendre exemple sur ta façon de vivre ?

– Non, bien sûr…

Je bafouillais. Je n'étais pas convaincant.

– Tu peux le croire si tu veux, dit-elle en se levant et en faisant mine de s'intéresser à autre chose. Mais alors, ne t'attarde pas trop… Ne laisse pas au pays le temps de te reprendre. Avec des idées pareilles, tu risquerais d'avoir quelques déconvenues…

– Allons !

Je haussai sèchement des épaules. C'était là, pour moi, un discours complètement dépassé. Cette brave Marie-Thérèse ne vivait plus avec son temps. Sans vergogne, j'entrepris de le lui dire.

– C'est toi qui devrais t'éloigner un peu d'ici. Tu devrais aller un peu prendre l'air d'ailleurs. Tu verrais que les choses changent. Ici, tu ne fais que prolonger tes vieilles rancœurs, tes vieilles inimitiés. Éloigne-toi un peu. Tiens, viens chez moi. Je t'invite. Sympa, tu sais, le Morvan. Tu verras, tu trouveras un village aussi. Un petit village. Chez nous, ils sont bien plus petits qu'ici, les villages, plus isolés aussi. Il faut bien apprendre à vivre ensemble, à s'endurer, comme on dit là-bas.

Elle persistait à poser sur moi un regard chargé à la fois d'ironie et d'une grande sûreté de soi. Elle savait où elle allait.

– Je n'irai pas, dit-elle sans ambages. Je n'irai pas parce que c'est trop loin d'ici. Je suis trop vieille. Et puis, ce ne serait pas la peine. Tu as beau dire. Je sais bien ce que je trouverais. Sous une autre forme peut-être, mais exactement les mêmes problèmes. Alors, pourquoi partir ?

Ça, évidemment, ça m'était destiné. Qu'étais-je allé faire si loin alors que j'avais tout chez moi, le meilleur et le pire ? Je me serais fait tailler en pièces plutôt que de l'admettre, et pourtant elle avait raison.

– Tu feras bien ce que tu voudras, dis-je avec beaucoup de mauvaise foi, mais tu ne m'empêcheras pas de croire que le passé, c'est le passé. On s'est assez chamaillés comme ça. Il est temps de tourner la page.

– Tourne donc, ironisa-t-elle. Tourne toujours, mais tu verras bien que ça ne change pas grand-chose…

Ce soir-là, nous n'allâmes pas plus loin. Je continuai bien sûr de rencontrer Georges à chaque fois qu'il était au village, mais peu à peu et quoi que je fasse, je glissais irrémédiablement sur la pente de mon clan. Il avait suffi que je cède aux instances amicales de cette chère Marie-Thérèse pour me retrouver pris dans le jeu redoutable de ces réseaux d'alliances et de concurrences villageoises.

En somme, il devenait urgent que je résolve l'énigme du sac trouvé dans ma voiture et que cela m'ouvre la perspective de nouvelles aventures. Si je n'y parvenais pas, mieux valait que je reprenne sans tarder, et cette fois sans me tromper, le chemin de ma maison morvandelle.

J'étais déçu. On l'eût été à moins. Je n'avais rien espéré de ces retrouvailles avec le pays de mes jeunes années puisque je ne les avais pas préméditées. Rien ne m'avait préparé à accepter de faire abstraction de ce que j'étais devenu pour me réconcilier avec ce que j'avais été. J'aurais voulu que mon village me reprît tel que j'étais. C'était moi, en fin de compte, qui me montrais le plus rigide et qui lui demandais l'impossible.

Nous ne pouvions plus nous retrouver. Mon lien au pays, pour peu que je le revendique, ne pouvait s'établir que par d'épuisantes références au passé. Il aurait fallu que je clame mon appartenance à un clan, plutôt qu'à un autre.

La brutale réalité d'un constat me figea. J'étais donc condamné à être un étranger partout. On en riait, dans mon lointain village morvandiau. « Oh, toi, à force, avec le temps, tu es devenu un étranger du pays », m'avait dit un jour un brave homme sans l'ombre de la moindre malveillance. Avec d'autant plus de facilité que la formule était belle, j'en étais convenu. De ne pouvoir revendiquer des racines locales n'empêchait pas d'y vivre heureux. Je n'ai d'ailleurs jamais cru à cette notion de racines qui divise bien plus qu'elle ne rapproche. Et je découvrais avec consternation leurs terribles contraintes là où j'aurais voulu simplement renouer avec les souvenirs.

La déception fut énorme. Il me fallut en parler. Georges fut le seul interlocuteur que je me trouvai. Il prit l'affaire à la légère et la tourna même un peu en dérision.

– Parce que tu nourrissais des illusions ? s'étonna-t-il. Mais mon vieux, tu es chez les ploucs. Il ne faut pas rêver ! Remarque, ça ne m'étonne pas de toi !

Puisque c'était tout ce que mon désarroi lui inspirait, je préférai ne pas insister. Ce soir-là, indifférent à l'observation pointilleuse des horaires qu'aurait bien voulu m'imposer Marie-Thérèse, je me perdis loin au fond des chemins. La nature, elle, me recueillait et s'ouvrait à moi. Il n'était pas nécessaire, pour que j'y retrouve le bonheur d'exister auquel j'avais goûté enfant, que je fasse appel à mes souvenirs. Cela semblait aller de soi.

La longue promenade que je fis m'apaisa. J'avais, au fond, mélangé les genres. J'avais dérapé. D'une banale aventure de fêtard, j'avais cru pouvoir faire une sorte de célébration des valeurs supposées de l'appartenance à une communauté.

Paulette Leduc, ma première conquête, fut la seule à me reprendre tel que j'étais sans me demander de me ranger d'un bord ou de l'autre. Ce qu'il y avait eu entre nous, aussi bref et sans conséquence que cela ait été, avait suffi. Le temps passé n'y avait rien changé.

– T'occupe ! me dit-elle ce soir-là lorsque, rentrant de ma longue promenade, je la trouvai adossée à sa porte, fumant une dernière cigarette avant d'aller se coucher.

Nous nous étions assis côte à côte sur la marche de sa maison. Elle sut me faire parler. Je lui dis tout le plaisir que j'avais trouvé à la marche dont je revenais et je lui avouai la nécessité dans laquelle je me sentais de rechercher ce calme.

– T'occupe ! répéta-t-elle. Tu ne les changeras pas. Laisse-les donc où ils sont. Crois-tu que je m'en occupe, moi ? Si tu te retrouves bien ici, profites-en. Ne t'embarrasse pas du reste.

Nous nous quittâmes, ce soir-là, comme à regret sans que le passé ait jeté son ombre suspicieuse sur le moment que nous venions de partager.

13

Vint le jour où devait se tenir le petit salon du livre dans un bourg proche de chez Stéphanie Brovsky. Bien que le vendeur de la librairie ne m'ait pas garanti la présence de la jeune femme, je m'y rendis.

C'était à la fois une façon de justifier à mes yeux la prolongation de mon séjour dans le Nord et le vague espoir de la rencontrer. Elle venait de sortir un nouveau roman ; ce salon se tenait à sa porte ou presque. La logique aurait voulu qu'elle en soit la vedette.

Déjà plié aux habitudes de Marie-Thérèse, je me levai très tôt et partis aussitôt mon petit-déjeuner avalé. J'arrivai bien avant que les auteurs soient en place. Dans une de ces grandes salles polyvalentes sans charme, on s'activait à garnir de livres de longues tables recouvertes de nappes en papier blanc. Il y avait de tout. Du roman, des livres pour enfants, des ouvrages pratiques, des biographies et même des autobiographies… Un tel étalage m'effarait. Je doutais que, dans une si petite agglomération, ils puissent justifier leur présence par un nombre suffisant de visiteurs.

On me laissa entrer bien que rien ne fût encore

vraiment en ordre, et j'errai longuement entre les stands à la recherche des ouvrages de Stéphanie Brovsky. En vain… Quelques-uns semblaient échoués par hasard, sur le stand d'un libraire. Bien que l'homme fût encore occupé au rangement de son stand, je m'étonnai près de lui de cette absence.

– Mme Stéphanie Brovsky doit être en vacances, me fut-il répondu avec une pointe de sécheresse dans la voix qui dénotait la déception.

Allons bon ! Une fois de plus, elle allait m'échapper. Je le remerciai et m'éloignais déjà lorsque me revint à l'esprit la réflexion du vendeur. Stéphanie Brovsky, selon lui, habitait tout près de ce salon. C'était d'ailleurs pour cette raison qu'il me l'avait indiqué. Cette fois, je ne voulus pas laisser échapper ma chance de la retrouver. Je revins vers le stand du libraire.

– Pourtant, lui dis-je, ce salon doit être important pour elle. Elle habite tout près d'ici, non ?

Il était plongé dans le pointage méticuleux des ouvrages qu'il exposait. Ma question l'importuna visiblement.

– Oui, je crois, lâcha-t-il pour ne pas m'être désagréable.

À son ton, j'aurais dû comprendre qu'il avait bien autre chose à faire que de prolonger cette conversation… Je ne m'en obstinai pas moins. Cette fois, je n'entendais pas repartir bredouille.

– Où exactement ?

Se détournant de ses chiffres, il leva sur moi un regard étonné.

– Vous voulez savoir où elle habite ?

Je tentai de me justifier.

– J'habite en Bourgogne mais je suis originaire de la région. Ce n'est pas rien d'avoir un écrivain comme elle dans son pays.

Il ne dut pas trouver mes explications suffisamment crédibles. Je vis son regard s'assombrir et se détourner de moi pour se plonger à nouveau dans ses colonnes de chiffres.

– Non, dit-il avant de s'y perdre. Je sais qu'elle a une maison pas loin d'ici, mais je ne sais pas précisément où.

C'était définitif. Je perdais espoir lorsque, à ma plus grande surprise et à la sienne, une voix forte et à l'accent rugueux s'éleva à côté de moi.

– La Stéphanie ? Vous voulez savoir où qu'elle reste ? Ce n'est pas bien difficile. C'est juste à côté de chez moi !

Les visiteurs commençaient à envahir la grande salle. Celui-là avait dû être parmi les premiers. Avec femme et enfants, il n'avait rien de l'amateur de livres tel qu'on se l'imagine ordinairement. On avait tort ! Solide gaillard portant dans ses bras sa petite dernière, l'air jovial, il n'en avait pas moins confié à son aîné, un gamin d'une dizaine d'années à l'air déluré, un sac à la marque d'un grand éditeur qu'on voyait déjà gonflé de plusieurs ouvrages. L'épouse, à deux pas de là, fouinait avec délectation dans une rangée de livres consacrés à la maison et au jardinage.

– Mais c'est vrai, continua-t-il sans qu'on le lui ait demandé. Maintenant que vous le dites, elle est fermée, sa maison. On dirait bien qu'elle n'est pas là, et depuis un certain temps. C'est même étonnant. C'est rare qu'elle parte si longtemps.

– Et c'est où ? osai-je.

Le libraire s'était ostensiblement détourné de nous.

Mon insistance à obtenir l'adresse de Stéphanie Brovsky devait lui paraître suspecte. Il ne voulait pas qu'on puisse lui reprocher d'avoir été mêlé à cela ! Le brave homme qui nous avait interpellés ne s'embarrassait pas de tels scrupules.

– Ce n'est pourtant pas bien difficile à trouver ! Dit-il avant de se lancer dans des explications de nature à contredire radicalement son entrée en matière.

Je notai le plus précisément que je le pus.

– Quand vous passerez, venez donc sonner à notre porte. C'est juste à côté, me dit-il encore, avec l'assentiment de son épouse qui nous avait rejoints. Si on est là, on vous recevra avec plaisir. Marchez, la Stéphanie, elle viendra avec vous. Une causette autour de notre table avec une tasse de café et des biscuits, elle n'a jamais dit non, la Stéphanie.

On se quitta les meilleurs amis du monde. Le salon du livre ne m'intéressait plus. Je sautai en voiture et, carte en main, tâchai de m'y retrouver dans le maquis de ses explications.

« La » Stéphanie, comme disait mon interlocuteur, avait la drôle d'idée d'habiter tout au fond d'un coron. Qui n'a jamais abordé un dédale de rues et d'impasses constituant la voirie de ces quartiers de petites maisons toutes identiques, toutes aussi modestes que proprettes, au milieu de leur jardin, ne peut pas savoir ce qu'il y a de profondément démoralisant à être perdu au milieu d'un coron. J'y tournai longtemps, désespérant même d'aboutir lorsque, enfin, une brave femme auprès de qui je tentai d'obtenir quelques indications, éclata de rire.

– Vous me dites là des noms de rues… On ne connaît pas ça, nous, ici. Nous, on connaît les gens. Vous m'auriez dit tout de suite Stéphanie Brovsky, j'aurais su. Attendez que je vous explique.

Le cul-de-sac se terminait par une minuscule placette au-delà de laquelle se dressait la masse sombre d'un crassier, et devant, une maison de mineur. Elle se distinguait de ses sœurs par ses portes et volets peints d'un étonnant bleu vénitien et par l'exubérance très étudiée de son jardin. Il était clos d'un muret de briques surmonté d'une belle barrière en fer forgé dont le bleu nuit très sombre ne faisait que souligner la lumière émanant du tout.

La grille était verrouillée. Je m'y attendais. Je pouvais tout de même voir, au-delà de la clôture, que la pelouse n'avait pas été tondue depuis belle lurette. Les rosiers étaient couverts de boutons fanés qu'aucun jardinier n'aurait laissés subsister. Le soin apporté à l'élaboration de tout ce jardinet contredisait totalement l'impression de négligence qu'ils faisaient naître. Seul un accident avait pu empêcher que soient accomplis ces gestes élémentaires d'entretien.

Cela ne faisait que m'enfermer dans plus de questions encore. En les ressassant, je tournai quelques instants sur la placette vide. Mais je n'avais rien à faire là. Par acquit de conscience, je gribouillai un mot sur une carte de visite trouvée au fond de mon portefeuille et la glissai dans la boîte à lettres. Il dut aller rejoindre quelques vieilles enveloppes et bon nombre de publicités gaufrées d'humidité.

Je ne m'attardai pas. À quoi bon ? Sur le chemin du retour, je m'abandonnai à toutes les raisons, bonnes ou pas, que j'avais de nourrir mon inquiétude. Depuis quand Stéphanie Brovsky n'était-elle pas réapparue chez elle ?

Avant que nous nous rencontrions à Paris, ou depuis cette nuit catastrophique où je l'avais abandonnée sur le parking du restoroute d'Assevillers ?

L'idée morbide me vint que j'avais peut-être été le dernier à la voir vivante… Qu'avait-il bien pu se passer après que j'avais redémarré en la laissant derrière moi ? L'angoisse me saisit. Serait-il raisonnable que j'aille raconter tout cela à la police ? Et si on me suspectait ? Peut-être m'avait-on vu à sa porte… Et le voisin qui m'avait indiqué le chemin… Mon comportement pouvait étonner, peut-être même faire naître la suspicion…

Jusque-là, je n'avais fait qu'attendre. Je commençai à m'inquiéter sérieusement. La jeune femme devait avoir de la famille, des amis. On devait connaître ses habitudes. Je n'étais peut-être pas le seul à me faire du souci à son sujet. Je pensai rebrousser chemin et venir partager mes préoccupations avec ses voisins qui avaient été si aimables, sur le salon du livre. Mais je réalisai vite que, quoi que je fasse, que j'explique ce qui s'était passé ou que je le dissimule, on ne pouvait que s'étonner du comportement d'un personnage jusque-là inconnu dans l'entourage de Stéphanie Brovsky.

Je choisis de rentrer à Blaquery. Ce n'était pas là une démonstration de courage, ni une fuite. Je voulais simplement me donner le temps de la réflexion. Je m'enfermai dans ma chambre, sortis le sac de voyage du fond de l'armoire où je l'avais dissimulé, le posai sur le guéridon et m'assis devant lui. Dans l'imbroglio de cette affaire, il était à la fois tout ce que je détenais de concret et tout ce qui pouvait m'aider à comprendre. Mentalement, je refis la liste de ce qu'il contenait. C'était bref. Je ne risquais pas de me tromper. De la lingerie, un pull, un pantalon, deux livres. Celui qu'elle était probablement en train de lire et l'exemplaire neuf de celui qu'elle publiait. C'était tout…

Du moins, tout ce que j'avais trouvé. À le voir ainsi posé devant moi, il m'apparaissait offrir une quantité de poches que je n'avais pas remarquées, ni donc ouvertes. Encore n'était-ce là que l'extérieur. Peut-être en comportait-il encore plus à l'intérieur. Je me mis en devoir de les visiter toutes, les unes après les autres. La seule qui faillit m'échapper était la bonne. Si elle n'était pas la plus visible, elle était pourtant la plus évidente. Là, dans le rabat fermant le sac, quel meilleur endroit pouvait-on trouver pour placer la toute petite poche close par une fermeture à glissière où ranger les clefs ?

Elles y étaient et je ne doutai pas un instant qu'elles fussent celles de la maison. Cela ne résolvait en rien mon problème ni ne me fournissait la moindre information sur ce qu'avait bien pu devenir Stéphanie Brovsky. J'y vis pourtant comme un élément nouveau susceptible de m'aider à comprendre.

Tout de suite, ces clefs, j'eus une furieuse envie de les utiliser. Ce n'était pas raisonnable. Que quelqu'un me vît dans la maison de cette jeune femme disparue depuis qu'elle était descendue de ma voiture, et, pour le moins, ma situation n'aurait pas été sur la voie de la clarification… Pourtant, quelque chose me poussait à ignorer ce qu'on pouvait en dire pour aller au-devant d'elle et chercher à mieux la connaître par l'intérieur de sa maison. Exactement comme j'avais commencé à la découvrir par le contenu de son sac de voyage.

Dès le lendemain matin, je repris le chemin du coron au pied du terril où se blottissait sa maison. La placette était aussi paisible que la veille, sauf que, cette fois, des gamins y jouaient au ballon. Je repérai parmi eux celui que j'avais rencontré avec ses parents sur le salon du livre. Il m'adressa un large sourire, mais ne s'éloigna pas des deux blousons posés au sol qui délimitaient le but dont il était le gardien.

– Ils sont là. Vous pouvez y aller, me cria-t-il en me désignant sa maison.

Si j'avais eu l'idée d'entrer seul chez Stéphanie Brovsky, il venait de me l'ôter. Et c'était probablement mieux ainsi. J'allai frapper. On m'accueillit avec autant de spontanéité bon enfant que sur le salon. Je me retrouvai vite devant une tasse de café et quelques biscuits. La maison était modeste mais méticuleusement propre. Même la petite dernière, qui jouait sur une couverture, au pied de la table, était bien apprêtée, mignonne, un nœud rouge vif dans les cheveux.

– Ben dites donc, c'est que vous avez fait vite, commenta l'homme.

J'étais sur mes gardes, inquiet de ce qu'on pourrait dire de cette visite si l'absence de leur voisine se prolongeait. Je décidai de mentir, mais prudemment !

– Ça m'embête que Stéphanie ne soit pas là. J'ai quelque chose pour elle. Je crois que je vais aller le déposer dans sa maison. Mais ça ne me dit pas…

L'homme avait froncé les sourcils.

– Vous avez les clefs ?

– Oui, bien sûr.

Il parut remballer son étonnement. J'en rajoutai une petite couche, pour ma bonne conscience.

– Ce qui m'ennuie, c'est que ça ne me dit toujours pas où elle est passée. Ça fait longtemps qu'elle est partie ?

L'homme et la femme se consultèrent du regard.

– Quoi ? Trois semaines, peut-être un peu plus, dit l'homme.

– Un jour, je me souviens, elle m'a dit qu'elle devait aller à Paris, précisa la femme. Mais elle n'a pas précisé combien de temps. C'est depuis qu'on ne l'a plus vue.

– Et ce jour-là, vous ne vous souvenez pas ? insistai-je.

Elle eut du menton un geste de dénégation. Je compris, à l'œil du mari, que je ne devais pas me montrer plus curieux. On finirait par s'étonner.

– Bon, dis-je en reposant ma tasse. Je vais y aller. À tout hasard, je vais lui laisser un mot. Quand elle rentrera, elle l'aura…

La réaction fut immédiate.

– J'y vais avec vous. Le verrou est dur. Vous pourriez avoir du mal…

C'était aussi bien. En m'accompagnant, il allait lever toutes les ombres d'ambiguïté qui pouvaient planer sur cette intrusion dans la maison de la femme que j'étais le dernier à avoir vue vivante…

Le verrou ne parut pas opposer beaucoup de résistance à la clef qu'il y fit tourner. Dans l'ombre des volets clos, je devinai un intérieur en tous points semblable, dans sa disposition, à celui des voisins, mais agencé avec plus de goût et de moyens. Malgré la tentation d'y discerner la marque de celle qui l'avait fait, je ne m'y attardai pas. Je posai le fameux sac de voyage sur la table du séjour, et coinçai dessous une enveloppe dans laquelle j'avais glissé un mot d'explication.

Après qu'on eut à nouveau verrouillé, j'empochai les clefs sans la moindre hésitation et nous nous quittâmes les meilleurs amis du monde. Quelque chose me dit pourtant, alors que je m'éloignais, que le numéro d'immatriculation de ma voiture avait été relevé et que, même si elle rentrait demain, Stéphanie Brovsky n'aurait pas la primeur de la lecture du mot laissé sur la table !

14

Je suis souvent revenu garer ma voiture sur la placette, au pied du terril qui dominait la maison de Stéphanie Brovsky.

Sauf à la trouver un jour volets grands ouverts, ce qui était peu probable, je ne pouvais rien espérer de ces visites et je le savais. Je les multipliais pourtant sans chercher à comprendre ce qui me poussait à venir ainsi rôder autour de sa maison.

wJ'aurais dû m'étonner. Les voisins, qui s'étaient montrés légitimement méfiants lors de ma première visite, m'accueillaient maintenant depuis le pas de leur porte en souriant. Puis ils disparaissaient dans l'ombre de leur maisonnette exactement comme si j'avais fait partie du décor.

Les premiers jours, j'hésitai. Je surveillais longuement les abords et ne me décidais à entrer dans le jardin puis dans la maison qu'après m'être assuré que personne ne me surveillait. C'était ridicule. Je le savais, mais j'avais tellement peu d'arguments à avancer pour expliquer un comportement que je ne comprenais pas moi-même, que je croyais me rassurer en m'entourant de toutes ces précautions.

Elles s'avérèrent vite totalement inutiles. Sans m'en étonner, sans tenter de comprendre ce qui avait bien pu dissiper la légitime méfiance des premiers jours, je pris mes habitudes. Oubliant mes inquiétudes et la peur d'un drame dont j'aurais pu être le suspect idéal, je m'enhardis. Je refermais soigneusement la porte du jardinet derrière moi, je pénétrais dans la maison et n'ouvrais que les volets de la salle de séjour. L'exubérance de la végétation empêchait qu'on s'en aperçût depuis la rue. Je m'installais confortablement dans l'un ou l'autre des sièges qu'offrait la pièce et je lâchais la meute de mon imagination.

La jeune femme blonde avec laquelle j'avais passé une si chaude soirée chez Gilles, l'écrivain au bureau duquel il m'arrivait de m'asseoir, la voisine si sympa dont on m'avait brossé le portrait, occupait le rôle central dans les histoires que je me racontais. J'ai gardé cette capacité bien connue des enfants les plus rêveurs de savoir m'inventer des mondes rien qu'à moi, où il n'est pas de songes qui ne puissent devenir réalité ; des mondes sans haine ni jalousie ; des mondes où les gentils prennent toujours le dessus sur les méchants.

J'y passais des heures. Le soir tombait parfois quand je refermais soigneusement la maison et la quittais discrètement. Il était pourtant bien rare que l'un ou l'autre des membres de la gentille famille des voisins ne se montre pas sur le pas de sa porte pour me glisser un « bonsoir » chaleureux.

Je reprenais le chemin de Blaquery et me faisais invariablement houspiller par Marie-Thérèse, pour avoir manqué tel ou tel événement selon elle essentiel, pour avoir disparu quand il ne fallait pas ou, plus grave encore, pour avoir largement dépassé l'heure du dîner !

Marie-Thérèse ne voulait pas entendre que le temps avait passé et persistait à se comporter à mon égard comme si j'avais encore été en culotte courte. J'aurais pu lui en faire le reproche, me gendarmer, menacer de partir. Je n'en fis rien. Je pris même, je crois, un certain plaisir à la retrouver exactement telle qu'elle avait toujours été. Ce n'était pas elle ; c'était moi qui n'étais plus le même.

Ces journées entières où je disparaissais finirent tout de même par l'intriguer. Elle aurait bien voulu savoir... Je lui opposais, comme j'avais toujours su le faire, une telle force d'inertie que je finis par l'horripiler.

– Mais enfin, me le diras-tu ? C'est tout de même invraisemblable. Pourquoi fais-tu un tel secret de ce que tu fabriques quand tu files comme ça ? Je vais finir par me poser des questions, moi !

J'éclatai de rire.

– Des questions ! Quelles questions ? Ça te turlupine tant que ça, ce que je fais ? Ne me dis pas que ça t'inquiète.

– Tu m'énerves ! C'est vrai quoi. Ce n'est pourtant pas bien terrible, ce que je te demande. De quoi j'ai l'air, moi, à ne même pas savoir...

– Bon, c'est vrai. Tu as raison. Je crois que je vais m'en aller. Je vais m'installer à l'hôtel. Oui, c'est ça. Je vais aller m'installer à l'hôtel. Comme ça, tu n'auras plus à t'inquiéter !

Elle haussait les épaules. Et, à court d'argument, elle me tournait le dos.

Elle aurait été bien étonnée, la pauvre femme, si elle

avait su à quel point j'étais désorienté. J'avais fait tout ce qui était en mon pouvoir pour que Stéphanie Brovsky récupère son sac et comprenne ce qui s'était passé. Ce n'était pas en restant là à l'attendre que j'allais en apprendre plus sur ce qu'elle était devenue. Mon comportement était irrationnel, et pourtant je n'envisageais pas d'en changer. J'en arrivais même à trouver dans les heures passées chez la jeune femme un agréable palliatif du malaise que j'éprouvais à Blaquery.

Là, dans sa maison où je n'avais rien à faire, où rien ne portait ma trace, j'étais l'étranger absolu. Ce fut comme un soulagement. Au moins, là, pas de passé à assumer, pas d'amabilité condescendante de la part de ceux qui sont de quelque part parce qu'ils n'en ont jamais bougé. Assis à sa table de travail ou enfoncé dans les coussins de son canapé, j'étais leur absolu contraire. Je n'étais pas d'ici, je ne quémandais aucun certificat d'appartenance, je n'avais rien à faire là, je n'allais pas y rester. Et pourtant j'y étais bien. C'était d'ailleurs ce qu'il y avait de plus dramatique. Je gardais encore assez de lucidité pour en faire le constat.

Je m'obstinais à prolonger l'incertitude et refusais de m'avouer qu'il n'y avait pas d'issue. J'avais fait en sorte qu'elle puisse, si elle le désirait, rétablir le lien. La sagesse aurait voulu que je reparte l'attendre dans ma maison morvandelle. Je n'en fis évidemment rien et cherchai autour de moi ce qui pourrait me donner un dernier prétexte pour prolonger mon séjour. La tentation me vint de me retrouver dans la seule maison où j'avais eu tout à faire, y compris naître, et où j'étais maintenant encore moins chez moi que dans celle de Stéphanie Brovsky. Je m'en étais détourné au premier jour. Je n'avais pas osé aller au-devant de ceux dont elle était maintenant le foyer. Depuis, je tournais autour de ce qui avait été la petite ferme de ma jeunesse sans savoir quel comportement adopter à son égard.

Bien que cela m'apparût comme une urgente nécessité, le pas à franchir n'était pas si évident. Elle se dressait sur une imperceptible hauteur, légèrement à l'écart du village. Les grands peupliers un peu hirsutes qui l'entouraient et dont je gardais le chant dans l'oreille, par les soirs de grand vent, avaient dû céder la place à des essences plus nobles, mais pour moi de bien moins de charme. Les nouveaux propriétaires avaient néanmoins très bien valorisé l'espace de verdure au milieu duquel elle se dressait, comme ils avaient su, probablement à grands frais, mettre en valeur la brique et le bois de la construction.

Ils avaient respecté la disposition et la taille des ouvertures, les garnissant d'élégantes fenêtres à petits carreaux et de volets en bois vernis. Les bâtiments de ferme qui encadraient la maison et déterminaient avec elle un quadrilatère fermé, sur son quatrième côté, par un mur surmonté d'une grille, avaient eux aussi, en perdant leur vocation initiale, subi un décapage bienvenu. Il avait fait disparaître les accessoires plus ou moins parasites qui les dénaturaient, mais n'avait rien changé qui puisse effacer le style originel de la construction.

Ce n'était plus tout à fait la ferme de mes jeunes années, mais elle avait su rester assez proche de ce que j'avais connu. Elle avait même gagné assez de cachet pour que l'émotion qui m'étreignait à la regarder fût totalement dénuée du moindre regret. Je la trouvais simplement belle. Il est assez rare que la réalité n'ait rien à envier à l'image que l'on garde d'un souvenir. Cela avait suffi à me réconcilier avec ce lieu que j'avais trahi.

Qui étaient les gens qui l'avaient ainsi façonnée ? L'avaient-ils faite à leur image ? Comment, du foyer des autres, parvient-on à tirer la substance de son propre bien-être ? À force d'observer, l'envie me venait de les connaître, mais une sorte de grande timidité m'empêchait encore d'aller tout simplement sonner à leur porte. Je tentai de faire parler Marie-Thérèse.

– Comment sont-ils, ces gens-là ? lui demandai-je.

Elle était en train de lire dans son fauteuil. Elle posa son livre sur ses genoux et me considéra longuement par-dessus ses lunettes qui chevauchaient le bout de son nez.

– Voilà que tu te décides !

Elle avait une façon bien à elle et désarmante de ne jamais répondre directement aux questions qu'on lui posait.

– Moi, si j'avais été à ta place, poursuivit-elle, ce serait la première porte à laquelle je serais allée frapper. Mais… Peut-être que tu as bien fait.

– Que veux-tu dire ?

– Est-ce que je sais ? Je ne les connais même pas, ces gens-là. Bientôt dix ans qu'ils l'ont rachetée, votre maison, et on ne sait toujours rien d'eux. Des étrangers… Et ils le resteront.

On pouvait difficilement entendre proférer condamnation plus sévère et définitive !

– C'est bien, ce qu'ils ont fait de la maison, tentai-je de plaider.

– Puisque tu le dis…

Elle redressa ses lunettes, et se replongea dans son

livre. Ce n'était plus la peine d'insister. Elle m'avait clairement signifié le peu de cas qu'elle faisait de ces gens-là. C'était maintenant à moi de juger !

Je craignais surtout qu'on me referme la porte au nez. C'est terrible de perdre ainsi tout droit sur une maison dès lors qu'on la vend. Des années durant, cette clef au fond de ma poche, elle avait été mon point de repère, l'axe, le pivot de ma vie. Elle avait été d'abord le signe d'une certaine liberté qu'accordaient mes parents à l'adolescent que j'étais. La posséder, c'était quitter la maison quand je le voulais sans la perdre, avec la capacité d'y revenir tout aussi librement. Puis, je m'étais éloigné. Mes études m'avaient entraîné à Lille, puis à Paris. Mais toujours j'avais eu cette clef au fond de ma poche, de moins en moins utilisée, de plus en plus riche de symboles.

Elle y était encore longtemps après mon mariage, alors que, à notre tour, nous avions créé notre foyer. Lorsque mes parents nous avaient annoncé la vente de la maison et m'avaient demandé de leur rendre cette fichue clef, je n'avais pas hésité un seul instant. J'avais prétendu qu'elle s'était perdue depuis longtemps dans un déménagement…

Après avoir encore hésité durant plusieurs jours, je me décidai enfin à venir attendre devant cette porte qu'on veuille bien m'ouvrir. Je l'avais tant de fois franchie en coup de vent que la posture me parut totalement incongrue. Elle me parut s'éterniser au-delà de toute raison jusqu'à ce que je baisse les yeux sur la serrure et constate qu'on n'y avait rien changé. Le petit bout de ferraille que j'avais en fait remisé, chez moi, au fond de quelque boîte à trésors, à souvenirs, à symboles, n'était pas qu'un simple fétiche. Par-delà le temps passé, il continuait de me relier à cette porte et à cette maison.

On m'ouvrit à l'instant même où je réalisais la portée du secret que je partageais avec cette porte-là. Cela ajoutait encore à mon trouble et je crois bien que c'était tout à fait visible. Probablement écarlate, je bafouillai.

– Je... Je suis désolé... Je... Je voulais vous demander... Voilà... Je suis... Eh bien oui, je suis le fils...

La jeune femme souriante qui se tenait devant moi m'interrompit.

– Mais oui, je vous reconnais. Vous êtes le fils cadet des gens qui nous ont vendu la maison. Entrez donc. Vous savez, on se trouve bien ici. Vous êtes de passage ? Vous venez voir ce qu'on a fait de votre maison ?

Stupéfait, perdant pied entre mon émotion, l'anecdote de la clef et cet accueil auquel je ne m'attendais pas le moins du monde, j'avançai de deux pas pour qu'elle puisse refermer la porte. Cela suffit à me faire découvrir ce qui avait été la salle de séjour un peu sombre, un peu grise de notre maison de ferme. C'était maintenant une pièce lumineuse dont le rustique plancher avait fait place à un très beau carrelage beige clair sur lequel la cire blonde des meubles semblait ajouter encore à l'impression de légèreté et d'espace disponible.

– Venez, insista-t-elle. Je vais vous montrer.

Sans marquer la moindre surprise, elle m'entraînait d'une pièce à l'autre. La cuisine aux allures de laboratoire, qui s'ouvrait par une large porte-fenêtre sur le jardin, ils l'avaient installée dans une pièce jadis un peu sacrifiée, fourre-tout de la maison, relais entre celle-ci et la ferme. Elle était méconnaissable. J'en restai bouche bée. Amusée, elle me précéda à l'étage. Tout y était en somme identique à ce que j'avais connu, mais en même temps totalement différent. Dans la chambre que je partageais jadis avec mon frère, deux gamins jouaient au milieu d'un grand déballage de petites voitures, d'engins de guerre, de tracteurs et d'animaux en matière plastique.

Rien n'avait changé.

– Vous rangerez ! leur dit-elle.

Après m'avoir dévisagé sans la moindre aménité, comme si j'allais interrompre leurs jeux à tout jamais, ils consentirent à grogner en chœur une vague réponse.

– Je viendrai contrôler, dit la mère.

– C'était ma chambre, dis-je.

Elle vit mon émotion, m'entraîna.

– Je vous offre une tasse de café. Mon mari ne va pas tarder à rentrer. Vous pourrez parler. Je crois qu'il a beaucoup de choses à vous demander. Peut-être vous pourrez lui expliquer...

Elle n'en dit pas plus. Je trouvai élégante cette façon qu'elle avait eue de renverser les rôles. Bientôt, ce seraient eux qui me remercieraient d'être venu. Nous nous installâmes à la table de la cuisine, un bloc uniforme d'une belle pierre noire semblable à celle des tables de travail.

– Vous revenez au pays ?

Je m'empressai de la détromper.

– Non, non ! Je suis juste de passage. Quelques jours, comme ça. J'ai retrouvé avec énormément de bonheur cette brave Marie-Thérèse qui nous a presque élevés...

Son mari arriva et me posa des questions sur le passé de la maison et des bâtiments. Il était clair qu'il ne s'était pas totalement identifié à son petit domaine tant que subsistaient des zones d'ombre sur ses origines, son passé, les travaux qu'avaient pu y faire leurs prédécesseurs... Je ne lui fus pas d'une grande utilité, mais il nota tout de même avec soin les quelques précisions que je parvins à lui donner.

– Revenez quand vous voulez, me dit-il sur le pas de leur porte, lorsque je pris congé. Vous serez toujours le bienvenu.

– Vous êtes un peu chez vous, ajouta gentiment la jeune femme.

Je les remerciai et m'éloignai avec la sensation d'être passé à côté de ce que je cherchais. Leur gentillesse ne m'avait laissé aucun répit. Je n'avais pas eu un seul instant à moi. Pas une seule fois, j'avais pu me poser la question de savoir si, là ou ailleurs, il était un endroit sur cette terre où je n'étais pas un étranger.

15

Paradoxalement, ce n'est pas d'être un étranger qui est pesant et peut parfois devenir insupportable. C'est l'insistance avec laquelle ceux qui « sont de quelque part » en tirent argument pour marquer leur différence. Cette fois, rien de tel ne s'était produit. Le lieu nous avait imposé son paisible détachement à l'égard des contingences que s'inventent les hommes.

Les maisons aussi ont une histoire. Et il arrive qu'elles vous l'imposent. La seule qui puisse m'offrir l'incognito absolu auquel j'aspirais était bien sûr celle de Stéphanie Brosky. Je n'y étais rien, à peine une ombre de passage. Elle ne me demandait ni ce que j'avais fait, ni ce que j'étais devenu, ni ce que je comptais faire. Elle me recevait tel que j'étais, ne s'étonnait pas de ce que j'avais pu être, ne s'inquiétait pas de mes capacités à bien vieillir.

Je crus m'être enrichi d'une idée géniale lorsque je sus que l'envie d'y vivre s'installait solidement en moi. Elle était née comme ça, sans réelle nécessité ni véritable désir. Simplement, dans l'intimité de sa vigne vierge envahissante et dans l'ombre de sa glycine couvrant la terrasse, je n'avais ni souvenir ni obligation, et encore moins de regrets. Un espoir m'habitait encore. Celui de voir réapparaître la jeune femme. Je savais pourtant qu'il ne serait pas satisfait. Si peu de chose le rattachait à la réalité. Même ce sac de voyage qui l'attendait toujours sur la table ronde de sa salle à manger avait fini par perdre toute prise sur mon songe. Stéphanie Brovsky était devenue un mythe, un fantasme. Seule restait, dans le domaine du tangible, cette petite maison blottie sous sa verdure, au pied du terril. Nous n'y avions rien en commun. L'histoire que racontaient ses murs, ses meubles, ses bibelots n'était pas la mienne. Je n'y avais pris aucune part.

Y passer ces longues heures du jour que j'occupais à rêver, devant le bureau de la jeune femme ou depuis le fond de son canapé, était une chose. Y accompagner la venue de la nuit, m'intégrer à son ombre, y chercher ma place et ne pas douter un seul instant de la facilité avec laquelle j'allais la trouver, était tout de même autrement plus grand. J'en fus effrayé. J'eus un mouvement de recul et, curieusement, je ressentis le besoin d'en parler. Je m'enfonçais tout doucement dans l'irrationnel. Je me laissais de plus en plus porter par mes fantasmes et mes rêves. Il me fallait pourtant à toute force trouver à qui faire partager ma douce folie.

Je n'hésitai pas. Sans me poser la question des raisons de mon choix, sans même soupçonner le besoin qui me prenait d'un giron aussi tendre qu'attentif sur lequel épancher mes doutes et mes atermoiements, j'allai rendre visite à Paulette Leduc.

Elle fut certainement bien plus perspicace que moi. Je prenais le doux sourire avec lequel elle me reçut pour de l'attendrissement alors qu'il n'était que de l'ironie à peine teintée d'un peu de compréhension.

J'eus droit à mon café et à mes biscuits secs, mais il fut vite évident qu'autre chose s'était imposé à chacun de nous à l'instant même où nous étions installés de part et d'autre de la table de la cuisine. Le silence de la maison était d'autant plus palpable et épais qu'il était exceptionnel. Elle dut le ressentir comme moi.

– On est seuls, dit-elle. C'est rare que ça arrive, mais ça fait du bien.

Elle eut vers moi un imperceptible mouvement de tout son être et il y eut dans le regard qu'elle faisait lourdement peser sur le mien l'expression d'une envie en même temps qu'une crainte délicieuse d'y céder trop vite.

– On est tranquilles jusqu'à ce soir, ajouta-t-elle dans un souffle alors que nos mains se retrouvaient et s'étreignaient au milieu de la table.

Alors et alors seulement, je m'intéressai réellement à elle. Je la vis pour de bon, rose de plaisir et déjà de désir. La vision que je gardais de ma première conquête consentit enfin à s'effacer pour me laisser voir telle qu'elle était cette plantureuse femme d'âge mûr. De son corps dont je n'avais guère fait que regretter qu'il ait perdu son ancienne souplesse de liane, je commençais à sentir l'attirance. Quelque chose de puissant et de joyeux ; quelque chose de presque animal et de délicatement sensuel. Ses formes rondes me parurent attendre mes caresses.

Ma tasse, que je reposai au jugé, cliqueta sur le bord de sa soucoupe avant de renoncer, par chance, à se renverser. Je lui caressai le visage. J'aimai le geste qu'elle eut de la tête pour s'appuyer sur ma main.

Peut-être y avait-il un peu, dans le feu qui nous emportait, du plaisir de prolonger cette lointaine aventure d'enfants. Mais ce n'était que l'étincelle qui avait allumé un autre feu, autrement puissant et incontrôlable. Il n'était pas fait pour durer. Il n'avait rien à préserver et surtout pas la cendre sous laquelle veiller à ce que survive indéfiniment la flamme d'une longue passion. Il n'avait pour seul objet que de brûler si fort et si haut qu'il nous laisserait au cœur le souvenir épanoui de notre assouvissement.

Du bout des doigts, je dessinai sa nuque, son cou, ses seins. La table, décidément, ne nous séparerait plus longtemps.

– Viens, dit-elle.

Au passage, elle verrouilla la porte. Elle m'entraîna à l'étage. Derrière des volets restés fermés, j'aimai l'intimité cotonneuse de sa chambre. Déjà, elle jetait au sol sans ménagement les coussins et les peluches qui encombraient le lit et faisait le geste de s'y laisser tomber. Je la rattrapai juste à temps.

– Attends !

Dans la pénombre de la pièce, nos regards se rencontrèrent et mêlèrent étroitement leurs sourires chargés d'émoi. Un à un, je fis sauter les boutons de son corsage et je dégrafai sa jupe. Elle s'écarta légèrement de moi et eut un geste presque empreint de pudeur pour dévoiler sa nudité. Je l'entraînai sur le lit tandis qu'elle protestait contre mes vêtements dont elle s'employait à me débarrasser et qui lui résistaient…

Alors que, encore étroitement enlacés, nous goûtions au bonheur apaisé de nos corps, je lui racontai toute l'histoire de Stéphanie Brovsky. La tête sur mon épaule, elle m'écouta sans un mot. Quand j'en eus fini et que je lui eus révélé mon intention d'aller m'installer chez la jeune femme, elle laissa encore passer un long moment de silence. De sa main libre, elle me caressait le flanc. Jusqu'à ce qu'elle s'arrête et me pince légèrement.

– T'es gonflé, tout de même.

J'en convenais. Je préférai ne pas relever.

– En somme, tu m'expliques comment tu comptes t'y prendre pour baiser la suivante. C'est ça ?

J'éclatai de rire. Nous avions beau, l'un et l'autre, jouer les grands affranchis, en prétendant que le plaisir que nous venions de nous donner ne changerait rien à nos vies, nous savions que les choses ne seraient plus comme avant. Déjà, nous retardions bien trop le moment de nous séparer.

– Vas-y. Va t'installer chez elle. C'est une drôle d'aventure que tu vis là. Tu dois aller au bout.

Nous étions en train de nous rhabiller. Le lit, où nous nous étions tant offerts, devenait un obstacle entre nous. Déjà une étrange pudeur nous faisait nous dissimuler nos nudités. Elle eut tout de même un large sourire pour m'adresser la plus belle demande qu'elle ait pu me faire.

– Simplement, dit-elle, j'aimerais que tu viennes me dire. Tu m'as tout raconté. Ce n'est pas comme si je ne savais pas.

Elle y revint au moment où nous allions nous séparer. Nous étions sur le pas de sa porte, au su et vu de tout le monde. Nous devions veiller à contenir la spontanéité de nos gestes. Elle me prit pourtant la main et la serra très fort.

– Tu viendras me raconter, insista-t-elle. Je te souhaite de la retrouver… Et de la retrouver telle que tu la rêves…

16

Je ne prévins évidemment pas Marie-Thérèse.

Lorsque je partis, il faisait gris. C'était un de ces jours que l'on passe sous le couvercle épais et solide d'une grisaille qui éteint tout relief, qui gomme les ombres et laisse les êtres et les choses dans la rude nudité d'une lumière dépourvue de nuance. Chacun est face à lui-même, offert sans concession au regard des autres. Vivre dépouillé du moindre artifice, au plus près de ce que l'on est pour de bon, n'est pas chose facile.

Sans l'espérance d'une percée dans l'uniformité de la chape nuageuse, nous semblions pris entre la fuite des perspectives de champs, de prés, de clôtures, de haies de peupliers à l'infini et l'immatérialité de cette grisaille. Comme en haute mer, mais sans le bénéfice du mouvement de la houle, l'horizon, tout autour de chacun de nous, se diluait dans ces brumes cotonneuses.

Je m'arrêtai devant chez Paulette. Elle apparut presque aussitôt sur le pas de sa porte ostensiblement accompagnée de son fils. Sans descendre de voiture, je me contentai de baisser la vitre de ma portière.

– J'y vais !

– C'est bien, me dit-elle. Tu me raconteras.

Ce n'était pas une question. Je lui répondis d'un sourire et repartis.

Je fis quelques courses en cours de route et dus bien m'afficher, sur la petite place au pied du terril, les bras encombrés des sacs les contenant. La voisine était bien sûr sur le pas de sa porte. Elle m'adressa un large sourire, me gratifia d'un petit signe de la main et disparut.

La maison était fraîche. Bien que la température extérieure ne fût pas beaucoup plus élevée, je l'ouvris en grand. C'était une façon d'y prendre mes marques. Comme la température ne se décidait pas à remonter, j'entrepris d'allumer la cheminée. Elle fuma quelques instants, le temps que son conduit se réchauffe. Puis elle accepta sans rechigner de faire danser dans la pièce les ombres guillerettes qu'y projetaient ses flammes claires.

Mes courses posées sur la table de la cuisine, j'allai chercher mon sac de voyage. Il ne contenait guère qu'une chemise de rechange, ma trousse de toilette et mon pyjama. Je n'en avais d'ailleurs guère plus avec moi lorsque j'étais arrivé à Blaquery. Mais, tout de suite, je m'en trouvai bien embarrassé. Où déposer ces petites marques d'une vie quotidienne ?

Je poussai toutes les portes de la maison. En vain, bien sûr. Je savais qu'elle ne comportait qu'une seule chambre, celle de Stéphanie Brovsky. L'idée d'y passer la nuit, jusque-là, ne m'avait pas autrement turlupiné. Mais je ne dus pas avoir l'air très malin lorsque, mon petit sac à la main, j'arrivai devant son lit ! M'y installer ? Je n'avais guère d'autre solution. Et, d'ailleurs, au point où j'en étais, cela n'avait rien de plus choquant que d'investir chaque jour ou presque cette maison qui n'était pas la mienne et dont personne ne m'avait invité à franchir le seuil.

Il s'agissait simplement d'aller au bout de mes gestes. C'était là que la maison m'attendait ! Ce lit eût été moins bien tiré ; sa courtepointe eût été moins délicatement décorée, moins féminine ; ses plis, aux angles, eussent été moins nets, impeccablement similaires, que, peut-être, le geste de poser là mes affaires ne m'eût pas paru si lourd de conséquence. Timidement, sans penser encore à ce qu'il en serait lorsqu'il s'agirait de venir m'y étendre, j'ouvris mon bagage à son pied, sur le plancher. Il s'agissait simplement d'aller poser ma trousse de toilette sur la tablette de la salle d'eau et d'étendre mon pyjama… Je ne sus faire ni l'un ni l'autre… Surtout le pyjama ! Le déplier là, sur ce lit où avait reposé Stéphanie Brovsky, me parut tout à coup indécent, presque obscène.

Je m'étais mis dans une situation invraisemblable. Je n'avais pas réfléchi, une fois de plus. C'était absurde. La maison me résistait. Je tombais dans ses pièges et elle se moquait de moi. Il était encore temps de tout remballer et de rentrer chez Marie-Thérèse…

Oui, mais Paulette… Que dirais-je à Paulette ? Que j'avais renoncé à m'allonger là où le lit gardait encore le souvenir du corps de Stéphanie Brovsky ? J'imaginais déjà la flamme narquoise de son regard et j'entendais ses commentaires.

Tu es gonflé, tout de même, toi ! Avec moi, tu n'as pas fait tant de chichis !

C'était pourtant vrai, et en même temps tellement différent. Je finis par battre en retraite et revins vers le séjour. Sur la table, trônait toujours le sac de la jeune femme, et dans la cuisine, m'attendaient les courses que je venais de sortir du coffre de ma voiture.

Partout m'interpellaient des marques déjà laissées. Elles ne faisaient pourtant que souligner mon état d'étranger juste de passage et même un peu par effraction, dans une maison qui n'était pas la mienne. Ou bien il me fallait repartir, comme la tentation m'en démangeait, ou bien je devais me faire violence, m'imposer, faire acte d'autorité.

Ce n'est pas là mon fort, j'en conviens ! Mais il faut croire que, au-delà de ce qu'aurait pu penser Paulette d'un éventuel renoncement, l'envie me tenait vraiment de tenter l'expérience. Vivre au plus près de ce que j'aurais peut-être partagé avec Stéphanie Brovsky si je ne l'avais pas si maladroitement abandonnée sur un parking d'autoroute était devenu pour moi comme un besoin, une urgente nécessité.

Je décidai d'être plus têtu que la maison ! Le plus dur, au fond, fut l'exploration des placards de la cuisine sous le double prétexte de trouver où ranger mes courses et le matériel nécessaire pour préparer mon dîner. Lorsque j'eus installé un désordre suffisant, je commençai à me sentir moins mal à l'aise. Il me fallait briser l'ordre méticuleux établi par la légitime propriétaire du lieu. Je devais lui imposer ma marque, quand bien même celle-ci fût de laisser-aller !

Quand j'eus fini mon repas, je me contentai bien sûr d'empiler la vaisselle sale dans l'évier, remettant la corvée de son nettoyage au lendemain. Je m'installai dans le fauteuil le mieux placé de la salle de séjour, allumai la télévision et m'avisai qu'il me manquait le bon livre dont j'aime qu'il accompagne mes soirées les plus paisibles. J'allai le chercher dans mon sac, toujours en souffrance sur le parquet de la chambre, mais, au passage, j'attrapai le coin de la courtepointe et, d'un seul geste, je la rejetai au bout du lit. La couverture et le drap qui m'apparurent avaient déjà quelque chose de plus ordinaire. À leur tour, je les bousculai ! Peut-être, lorsque viendrait l'heure de se coucher, de les trouver ainsi défaits me ferait oublier mes scrupules !

Ce fut ce qui se produisit. La télévision vite éteinte, je m'étais laissé entraîner dans l'univers du roman que je lisais. Quand j'en sortis, il faisait nuit noire. Je fermai les volets, n'hésitant pas à les faire battre, comme s'il m'eût été indifférent qu'on sût que j'étais là, puis je me couchai.

Dire que je me suis glissé dans les draps de Stéphanie Brovsky avec la conscience parfaitement en paix serait mentir. J'eus très clairement la sensation d'un vol. Je m'accaparais un droit qui n'était pas le mien. Mais, pris progressivement par le jeu, ma timidité des premiers instants avait fait place à une résolution un peu brouillonne, un peu provocatrice qui m'aurait presque incité à en rajouter.

Je me contentai pourtant de me glisser entre les draps et de poser le nez sur la taie d'oreiller, à la recherche d'un parfum ou de je ne sais quel signe qu'elle aurait pu laisser de sa présence. Je me sentais simplement à l'aise dans ce lit de femme bien qu'aucune ne vînt s'allonger près de moi.

Contrairement à ce que j'avais craint, je m'endormis sans difficulté. J'aurais fait une nuit complète si un choc ne m'avait pas réveillé au petit matin. Dans mon demi-sommeil, je sentis que ça bougeait sur le lit. Instinctivement, je repliai mes jambes tout en cherchant avec fébrilité le bouton de la lampe de chevet. Je ne me souvenais évidemment pas de l'endroit où il se trouvait. Je faillis renverser la table de chevet et tout ce qu'elle portait.

Je mis enfin la main sur ce fichu bouton au moment même où quelque chose se colla à moi en émettant un bruit bizarre. Un superbe chat noir et blanc, éperdu de tendresse, se frottait contre moi en ronronnant !

Il était entré par la fenêtre laissée entrouverte. Ses façons de faire tout à fait familières m'indiquaient qu'il était coutumier du fait. Qu'il me confonde avec sa maîtresse et persiste dans son erreur me surprit plus.

Il n'avait nullement l'intention de renoncer au confort de la couverture. Peut-être, me dis-je, ce pauvre chat attend-il sa maîtresse depuis que je l'ai abandonnée sur l'autoroute. J'avais rallumé en moi la petite flamme facile de la culpabilité. L'animal le sentit. Il sut qu'il pouvait tout obtenir de moi et ne manqua pas d'en profiter !

Après que je l'eus longuement caressé, je tentai de le poser délicatement sur le sol et d'éteindre. Il fut aussitôt sur le lit, vint me ronronner sous le nez, satisfait de m'avoir contredit, puis se roula en boule contre mes jambes. À cet instant, je réalisai combien j'étais mal installé. Je me tournai, à la recherche d'une position confortable, et sans se démonter, il parut mettre un point d'honneur à suivre chacun de mes gestes. Mais, à chaque fois qu'il se réinstallait contre moi, estimant sans doute que j'en avais fini de mes gesticulations, j'avais l'impression que jamais, dans cette position-là, je ne parviendrais à trouver le sommeil. Ce petit jeu dura une bonne partie de la nuit, jusqu'à ce que le sommeil ait enfin raison de moi.

Lorsque j'en émergeai, le jour pointait. On le voyait blanchir l'encadrement du rideau. Le matou, lui, dormait toujours du sommeil du juste contre ma jambe. J'en souris. Voilà ce que c'était que de prétendre au dépaysement absolu ! Si je voulais vraiment trouver le calme et l'apaisement que mes précédents perchoirs m'avaient accordés avec tant de parcimonie, il me fallait accepter que la maison m'impose ses règles. Ce gros chat noir et blanc en faisait partie.

Cette boule de poils désormais m'apaisait. Maintenant que j'avais admis que rien ne pourrait être facile si je ne veillais pas à satisfaire tous ses caprices, j'étais mieux, détendu et presque reconnaissant de l'espèce de mainmise qu'exerçait le poids de son corps endormi sur le mien.

Les mains sous la nuque, allongé de tout mon long sur le dos, je restai longtemps ainsi, à demi éveillé. Je ne désirais rien d'autre que de prolonger la parfaite relaxation de tout mon être, à l'écoute attentive de tout ce qui se passait en moi et autour de moi. Cette rencontre inattendue avec un chat et l'influence qu'il était en train d'exercer sur moi, me semblaient être la cerise sur le gâteau.

Au fond, il avait suffi de cette nuit mouvementée pour que je puisse mesurer combien, une fois de plus, je m'étais trompé. Si j'avais cédé à la tentation un peu loufoque de venir m'installer chez Stéphanie Brovsky, ce n'était que pour échapper à une de ces pénibles indécisions dont j'ai le secret. À force de ne plus être de là parce que j'en étais parti, de ne pas être d'ailleurs parce que j'y suis arrivé par hasard et de ne surtout pas être d'ici parce que je voulais m'en faire un refuge, je focalisais toute mon existence sur un faux problème.

Le chat ne s'était pas embarrassé de tels scrupules. Il m'avait adopté sur-le-champ, pourvu que je lui fournisse la chaleur d'une présence et d'une jambe contre laquelle se pelotonner ! Il ne semblait d'ailleurs pas décidé à me quitter. Après le confort d'une nuit passée sur mon lit, il sut me faire comprendre que la vie serait parfaite, pour lui, si je m'occupais de remplir le plat devant lequel il allait et venait avec obstination. Je cherchais de quoi le remplir, quand, une fois de plus, il m'évita de perdre mon temps en se plantant devant une porte de placard. La queue dressée et frémissante, l'œil langoureux, le miaulement attendri, il s'y frottait avec plus d'ardeur encore qu'à mes jambes.

Il y avait au fond du meuble un sac de croquettes à chats. Je lui en versai une ration qui me parut copieuse. Son repas pris, il sortit de la maison et disparut au fond du jardin.

Bêtement, je pris conscience de ma solitude et j'en souffris. C'était bien la première fois de ma vie.

17

Je ne tardai évidemment pas à tourner en rond. Que faire dans cette maison qui n'était pas la mienne ? Mes gestes étaient ceux d'un visiteur. Les objets étaient là où Stéphanie Brovsky les avait mis et ce n'était pas un hasard. Chacun s'organise en fonction de ce qu'il est. Les gens peu soigneux abandonnent leur chaise là où elle est, en quittant la table. D'autres la poussent soigneusement dessous. Certains, plus méticuleux encore, vont jusqu'à la ranger le long du mur.

Sans surprise, je serais plutôt de la première catégorie. Stéphanie Brovsky était indubitablement de la deuxième. Il me semblait que je me devais de ne pas trop altérer l'ordre qu'elle avait instauré autour d'elle. Ce n'était pas pour rééditer mes habitudes, mes manies et mes faiblesses que j'étais là.

Au fait, pourquoi étais-je là ? Pour échapper à cette espèce de fatalité qui, toujours, où que je sois, faisait de moi un étranger. Du moins, c'était ce que je m'étais mis dans la tête. J'avais voulu ne plus rien être du tout. J'y parvenais, à condition d'épouser même les gestes de l'hôte dont je parasitais la maison. C'était épuisant et je n'avais aucune chance de trouver là, dans ces conditions, le bien-être qui me manquait.

Il ne me fallut pas longtemps pour m'en persuader. Je n'avais pourtant pas envie de quitter cette maison. M'y installer, même de façon aussi précaire, c'était en quelque sorte prolonger dans l'irrationnel le plus complet les conséquences d'une soirée trop arrosée... Je n'avais pas à me plaindre. Elles auraient pu être dramatiques. Et je n'allais, en fin de compte, que de retrouvailles en découvertes.

Je ne me plaignais d'ailleurs pas, mais je commençais tout de même à m'inquiéter de ce que serait la fin de l'histoire. J'étais pris entre mon envie de pousser ma folie toujours un peu plus loin et la conscience qu'il faudrait bien, un jour ou l'autre, sortir de cette spirale d'irrationalité.

Ce fut certainement ce souci de ne pas rompre totalement avec les réalités qui me fit prendre le soin d'appeler Marie-Thérèse. Je m'attendais à me faire tancer. Je n'eus droit qu'à un ton à la sécheresse très calculée. Une sorte d'ironie vaguement méprisante qui aurait pu être très vexante si je n'avais pas si bien connu Marie-Thérèse.

– Tu reviens quand tu veux. Je t'attends, conclut-elle comme on laisse la porte de derrière ouverte au fugueur dont on espère encore la rédemption !

– Mais je reviendrai ! m'empressai-je un peu trop vite. Au moins, je repasserai avant de descendre dans le Morvan.

– C'est ça !

C'était de la glace vive !

J'étais dans le jardin. Pas trop fier de moi, je glissai mon portable au fond de la poche de mon pantalon et, plus pour me donner une contenance qu'autre chose, j'entrepris une visite minutieuse de ce bout de nature.

Il n'avait plus rien à voir avec les potagers qui entouraient jadis toutes ces petites maisons de mineurs et auxquels on apportait d'autant plus de soins que leur production participait largement à l'économie familiale. Pour ces modestes travailleurs, il n'y avait que les bourgeois pour préférer tondre leur pelouse et dépenser leur argent en fleurs et plantes qui ne se consommaient pas.

L'image que je me faisais de Stéphanie Brovsky n'était certainement pas celle d'une bourgeoise, mais, comme bon nombre de ses voisins, elle n'en avait pas moins totalement renoncé aux planches méticuleusement désherbées dont elle devait garder le même souvenir que moi. Des jardins des corons, et, à en croire ses livres, de celui même qu'entretenaient son père mineur et sa mère, il ne restait que les fleurs modestes qu'ils aimaient à planter le long des allées. Géraniums, giroflées, iris, hémérocalles, jonquilles, muguet, asters, œillets d'Inde chargés de détourner le mildiou des plants de tomates, des pommes de terre ou de la vigne… Elle les avait laissés proliférer en grande liberté, de telle sorte que, depuis le début du printemps jusqu'aux premiers froids, il en était toujours quelques-uns dont c'était le moment de fleurir ! Elle y avait ajouté sans beaucoup plus d'ordre des rosiers, des lilas, des boule-de-neige, un magnifique seringa et quelques autres arbustes dont le nom m'échappait. Il en résultait une agréable impression d'arborescence.

En contournant un grand fuchsia, je butai sur un minuscule portillon. La charmille qui marquait la limite du jardin ne lui concédait qu'un étroit passage en voûte. L'envie me vint de m'y faufiler. Lorsque je le tirai, le loquet gémit. Ses gonds résistèrent lorsque je le poussai, aidés par les mauvaises herbes drues qui encombraient le passage et s'accumulèrent en bourre au pied du cadre de bois un peu vermoulu.

L'étroit passage rejoignait ce qui avait dû être un sentier. Il s'attaquait à la pente raide du terril en se faufilant dans le fouillis d'un épais taillis. L'herbe l'avait envahi. Seule subsistait, tirant des bords paisibles d'un côté à l'autre de la sente, la trace discrète de quelques rares passages. Les tiges des graminées renversées et toutes couchées dans le même sens trahissaient le dernier d'entre eux. On avait récemment gravi la pente.

Sans trop réfléchir, j'emboîtai le pas à ce dernier promeneur. Le petit chemin s'élevait régulièrement au flanc du crassier. Je foulais un sol meuble et apparemment peu stable constitué de ce que les hommes avaient tiré des entrailles de la terre. Ils n'en avaient conservé que la précieuse houille. Le reste, ils l'avaient simplement empilé sur la plaine. Ils s'étaient tellement obstinés, durant plus d'un siècle, qu'ils avaient fini par y dresser une véritable montagne, seule, isolée de tout, ignorante de la moindre raison géologique qui aurait pu justifier sa présence.

Curieuse sensation de m'élever rapidement dans l'immensité du ciel, au-dessus de la plaine à l'infini de laquelle mon regard put rapidement fuir. Il faisait beau, pas encore assez chaud pour que les lointains soient troublés par la brume que lèverait le soleil. J'eus vite l'impression de marcher à même l'infini de l'azur. J'avais perdu la référence du sol auquel nous sommes irrémédiablement attachés. Comme je foulais une matière meuble, qui risquait, à chacun de mes pas, de s'effondrer et couler vers où l'appelait la force de la gravité, il me parut vite que j'avançais dans l'équilibre le plus précaire. Tout ce qui, avant que je me hasarde dans cette course, se conjuguait pour que la position verticale, les pieds solidement plantés sur terre, me soit naturelle, se dissolvait et m'abandonnait à un triste sort auquel, curieusement, je ne cherchais pas à me soustraire.

Seul l'épais taillis qui bordait le sentier semblait me préserver d'une chute. C'était comme une couverture sous les plis de laquelle on se rassure de la grande solitude qui l'environne. Quand il était assez épais, il me dissimulait complètement le vide qui se creusait à ma droite. Je parvenais à marcher presque normalement. Il lui arrivait pourtant souvent de ne pas avoir pu développer ses graines que le hasard des vents avait jetées sur ce sol âpre et jamais nourri des matières organiques qui font les bons humus. Il se réduisait alors à une maigre steppe d'herbes sèches que dominaient quelques arbustes étiques. Je ne savais plus alors ce qu'il y avait de plus désagréable de cette espèce d'attirance que la plaine semblait opérer sur mes sens déboussolés, ou de la certitude angoissée que, si jamais je venais à y céder, aucun de ces maigres arbrisseaux ne serait en mesure de s'opposer à ma chute, à la longue glissade que je redoutais.

Une forme étrange attira mon regard. Ce qui, de loin, aurait pu faire penser à un rocher ou à une souche, prenait ici, sur ces immenses tas de cendres et de poussières, des allures totalement incongrues. Je fronçai les sourcils et tentai en m'approchant de comprendre de quoi il s'agissait.

Ce ne fut qu'en l'atteignant ou presque que je compris qu'il s'agissait d'un homme. Il était accroupi, au bord du chemin, face au vide béant qu'ouvrait là l'absence presque totale de végétation. Il me fallut prendre sur moi pour m'approcher sans laisser paraître le trouble profond que m'occasionnait cette espèce d'éboulis noirâtre au-dessus duquel l'autre se tenait sans laisser paraître le moindre émoi. Il ne fit d'ailleurs qu'accroître mon malaise lorsque je réalisai qu'il scrutait l'horizon à l'aide de grosses jumelles. Il me semblait qu'à perdre ainsi de vue, comme il le faisait dans ses jumelles, les rares éléments concrets auxquels je rattachais encore mon sens de l'équilibre, j'en viendrais à ne plus savoir où étaient le haut, le bas, le vide et le solide. Plus rien n'aurait de prise sur moi, que la gravité qui m'entraînerait irrémédiablement vers le fond du trou que j'avais imprudemment laissé s'ouvrir sous mes pieds…

– Salut ! me dit l'homme alors que j'approchais de lui.

Il n'avait pas détourné la tête et encore moins éloigné ses jumelles de ses yeux.

– Bonjour, lui répondis-je en redoutant que quelque frémissement de ma voix trahisse mon trouble.

En serrant les dents, j'allais me résoudre à passer lentement derrière lui pour continuer mon chemin. Mais le moindre changement, être à deux sur l'étroite sente, perturbait encore un peu plus ce qui restait de mon sens de l'équilibre.

– Tu viens surveiller tes coulons ?

La question, exprimée en patois du Nord et avec l'accent correspondant, me figea sur place. Allais-je devoir entretenir une conversation entre ciel et terre, sur un sol si meuble que je redoutais à chaque instant qu'il cède sous mes pas ?

– On s'est déjà vus, par ici ? insista l'homme que mon silence devait intriguer. J'ai pourtant la mémoire des figures, ajouta-t-il. Mais, là, je ne me souviens pas.

J'avalai ma salive.

– Heu… Non, jamais. C'est la première fois…

Pour le coup, il consentit à baisser ses jumelles et à se tourner vers moi.

– Tu as des coulons et c'est la première fois que tu viens ici ?

Si seulement je m'étais souvenu de ce qu'étaient des « coulons » ! Complètement perdu par ma phobie du vide et par ce discours inattendu, j'eus beau chercher, rien ne revint. Les « coulons… », bien sûr que je savais… C'était un de ces termes qui avaient accompagné ma jeunesse, mais j'étais incapable de m'en remémorer le sens. Je me laissai tomber sur le léger talus qui bordait le côté gauche du chemin. L'homme considéra mon pantalon avec perplexité.

– Tu n'as pas peur des dégâts ? s'étonna-t-il. Tu vas avoir les fesses bien noires ! Bof… Suffira de ne pas trop te montrer en redescendant !

– J'habite la maison juste en bas du chemin. Personne ne me verra.

Son regard se durcit et se fit vaguement narquois.

– Ah, parce que tu es chez celle qui écrit ! Alors, tu n'as pas de coulons.

Non, je n'avais pas de « coulons », même si je ne me souvenais toujours pas de ce dont il s'agissait et si, surtout, il semblait que cet état de fait remettait en cause mon droit à me trouver là, malade de vertige, à quelques pas du sommet d'un vieux terril.

– Heu… Non, je n'ai pas de… de coulons. Je ne suis que de passage.

– Et ça t'a pris comme ça de venir voir comment c'était par ici ?

Tenant toujours ses jumelles des deux mains, il restait accroupi sur ses talons, à l'extrême bord du chemin, surplombant presque le vide. Sous la casquette râpée et d'une propreté douteuse qu'il portait bas sur le front, le regard d'un bleu délavé, les fines rides convergeant au coin des paupières me parurent convenir à merveille à l'idée que je me faisais de ces hommes du Nord habitués à affronter le vent, la pluie et la froidure. Le teint restait pourtant étonnamment pâle comme s'il n'était pas de soleil capable de donner à cette peau le hâle auquel, partout ailleurs, on reconnaît ceux qui vivent au grand air.

– Tu es d'où ? demanda-t-il tout en reprenant sa lointaine observation.

La question essentielle ! Celle à laquelle je ne pouvais pas échapper, ni autrement répondre que par des demi-vérités. Ou j'avouais le Morvan et niais mon pays fraîchement retrouvé ; ou je revendiquais le décor de mes jeunes années et passais sous silence, comme si j'en avais honte, les années d'exil.

Fallait-il d'ailleurs être de quelque part ? Dans l'inconfort de ce minuscule sentier où le vertige me paralysait à moitié, l'absurdité de cette antienne me parut plus grande encore.

– J'suis… J'suis…

J'étais résolu à ne pas céder à la tentation de l'habitude. J'aurais pu nier la question ; passer à autre chose. Non pas partir : je n'en avais pas envie. Malgré mon malaise, cet homme seul dans cette position insolite m'attirait en même temps qu'il me surprenait. J'avais envie d'en savoir plus. C'est probablement pour cela que je finis par me résoudre à une demi-concession.

– Un peu du Nord, un peu d'ailleurs…

C'était d'une lâcheté ! Je ressentis aussitôt le besoin de me reprendre.

– En fait, je ne suis de nulle part…

Je ne faisais que m'enferrer. L'homme, d'ailleurs, ne chercha pas à me cacher son étonnement. Il abaissa lentement ses jumelles et se tourna vers moi.

– Si tu es de nulle part, proféra-t-il, c'est surtout que tu n'es pas grand-chose…

Et il se perdit à nouveau dans sa lointaine surveillance. Après de telles paroles, j'aurais pu me vexer, lui dire mon mépris, ou plus simplement me lever en haussant les épaules et reprendre ma marche, soit dans un sens, soit dans l'autre. Je n'y pensai même pas. Au grand dam de mon fond de pantalon, je restai assis là, sur ce petit talus de gravats noirâtres, comme s'il m'eût assigné cette pose, en attendant qu'il en ait fini de son observation.

– Les voilà ! s'exclama-t-il enfin en bondissant de joie au mépris complet de la précarité de son équilibre.

– Tiens, regarde-les donc ! Mes coulons, là-bas, droit au sud. Regarde s'ils « tirent » bien ! Ce n'est pas des beaux coulons, ça ?

Il me tendait ses jumelles, me les poussait énergiquement dans les bras, m'enjoignant du geste de me les appliquer sur les yeux. Je me pliai à son injonction avec d'autant plus de plaisir que venait de me revenir à l'esprit ce qu'étaient des « coulons » !

18

Les « coulonneux », j'en croyais naïvement la race à jamais éteinte. Leurs minuscules et soigneux élevages de pigeons voyageurs et la passion qu'ils mettent à les s'affronter dans des courses aux départs de plus en plus lointains, sont au Nord ce que les courses de taureaux sont à la Camargue ou les combats de coqs à l'Irlande.

J'ajustai les jumelles à mes yeux, fouillai le ciel et ne trouvai évidemment rien.

– Là ! me disait-il. Plein sud. Le clocher, au fond, presque sur l'horizon. Tu vises le clocher et tu montes juste un peu. Ça, ça doit être Saint-Aubert, ou Solesmes, ou quelque chose comme ça. Ils sont là. Tu ne peux pas les manquer.

Le clocher ! Quel clocher ? Il y en avait partout des clochers, sur l'horizon !

– Sûr que tu n'es pas d'ici, toi ! grommela-t-il. Pas trouver en plein ciel un vol de coulons avec des jumelles comme celles-là… Faut pas être malin…

Par le plus grand des hasards et un formidable coup de chance, j'eus soudain l'impression que son vol de pigeons traversait en trombe, en diagonale et en dansant mon étroit champ de vision à l'instant précis où il laissait tomber son jugement sans appel.

– Ça y est ! Je les ai !

– Ah ben, il est temps... Qu'est-ce que tu en dis ? Ils ne sont pas beaux, mes coulons ?

En prenant comme point de mire la nuée de petits points gris dont je distinguais à peine les battements d'ailes, j'avais réussi *in extremis* à stabiliser ma visée. Quelques instants encore, ces volatiles me parurent être d'étonnantes volées de projectiles ricochant d'un bord à l'autre d'un ciel dément, puis ils se calmèrent. En fait, sans le moindre petit écart, ils fusaient droit vers nous. Malgré la distance, ils semblaient littéralement fondre sur notre observatoire.

L'homme exultait. Il s'était vivement levé et dansait sur l'étroit sentier, au mépris complet de l'apparente instabilité du sol et du vide qui s'ouvrait à ses pieds. Bien que je n'eusse d'autre expérience en la matière que ce que j'en avais aperçu, de temps à autre, à la télévision, il me fit penser à ces touristes endiablés qui campent deux jours à l'avance sur le passage du Tour de France pour le plaisir fugitif de voir passer en quelques secondes un peloton bigarré. Il hurlait les mêmes encouragements à l'adresse de ses pigeons et trépignait de la même façon un peu hystérique.

Il me semblait que nous nous trouvions dans un équilibre si précaire que, pour ne pas ajouter aux risques qu'il nous faisait courir, je me gardais bien de bouger.

– Vous n'allez pas les accueillir ? fis-je mine de m'étonner, dans l'espoir qu'il mettrait fin à ses dangereuses gesticulations.

Il s'immobilisa en effet sur-le-champ et posa sur moi

un regard surpris. Il n'y avait qu'un initié pour connaître le cérémonial de l'accueil des pigeons voyageurs.

– Tu sais donc ce que c'est que des coulons, toi ? s'étonna-t-il.

Je confessai. J'allai même jusqu'à lui raconter notre instituteur qui nous réquisitionnait, certains dimanches de compétition, quand j'étais gamin. Au terme de leur longue course, heureux de retrouver leur pigeonnier, ils s'installaient sur le toit et n'en bougeaient plus ! Or, point d'enregistrement de la performance de chaque volatile sans avoir récupéré la bague en caoutchouc que chacun portait à une patte. Il fallait pouvoir se saisir de l'animal, la lui ôter et l'introduire dans le constateur, appareil complexe qui enregistrait le numéro inscrit en regard de l'heure précise de l'opération. À cette condition, l'oiseau pouvait figurer au palmarès de la course.

Des heures entières, nous restions perchés sur le toit interdit, chassant implacablement les récalcitrants que notre brave instituteur tentait d'attirer, depuis la cour, devant la trappe du pigeonnier, en roucoulant à perdre haleine ! Rien que pour le plaisir de voir le maître imiter ses pigeons, nous étions tous volontaires pour ces séances dominicales où des volatiles réputés pour leur entendement plutôt limité se montraient bien plus futés lorsqu'il s'agissait de n'en faire qu'à leur tête. Exactement comme si d'avoir parcouru des centaines de kilomètres leur donnait le droit de nous narguer.

L'anecdote le fit bien rire.

– C'était dans le temps, des affaires comme celle-là, dit-il tout de même avec dans la voix un brin de commisération. Aujourd'hui, on a des constateurs électroniques. Il peut toujours aller se percher sur le toit du pigeonnier, même de la maison du voisin, ton coulon. S'il a une bague comme il faut, ces nouvelles machines-là, ça te la détecte automatiquement et ça enregistre en même temps. Comme ça, le pigeon, tu n'as plus à l'attraper. Ça ne le secoue pas. Il reprend tranquillement son souffle et, dès le lendemain, il est prêt à repartir.

– Et là, ils viennent de loin ?

Il eut un bref hochement de tête.

– Limoges. C'est déjà pas trop mal.

Nous nous étions trouvé un sujet de conversation commun. Nous n'étions déjà plus totalement des étrangers l'un pour l'autre.

– Vous les avez enlogés quand ?

Cette fois, je le sidérai. Je connaissais le terme consacré pour désigner la véritable cérémonie au cours de laquelle les pigeons sont inscrits pour une compétition, mis dans de longues cages en osier et chargés par milliers sur des camions.

– Avant, je me souviens, c'était en train qu'ils voyageaient. Je revois les wagons dans les gares…

Pour le coup il leva les bras au ciel. Il était pourtant plus âgé que moi, mais il était évident qu'il vivait sa passion au temps présent !

– Tu nous parles là d'un temps ! D'abord, les coulonneux, à l'époque, il y en avait peut-être deux ou trois fois plus qu'aujourd'hui. Une course un peu importante, bien dotée, et c'était par trains entiers que ça partait. Maintenant, ce n'est plus la même chose. Quand on remplit un semi-remorque, on est bien content. Et puis, tout de même, par camion, c'est mieux. C'est plus rapide. On sait avant même le départ le temps que les bêtes vont passer en route.

On en était à parler technique ! Il avait rangé ses jumelles et se roulait tranquillement une cigarette sans quitter sa position acrobatique, au bord du chemin. Je voyais les miettes de tabac qu'il laissait échapper disparaître dans le vide devant lui. Tout en se tournant légèrement vers moi, il ne détachait guère le regard de l'immensité des plaines qui s'étalaient à nos pieds.

– Ce n'est pas beau, ch'Nord ? demanda-t-il brusquement en renfournant son briquet dans sa poche et en englobant dans un large geste de l'autre main tout ce qu'il put du paysage que nous dominions.

J'acquiesçai sans hésiter. Nous avions devant les yeux un paysage extraordinaire. En nous épargnant le voile des brumes, le beau temps sec n'y était pas pour rien. Ce n'était pas tous les jours que se rassemblaient de telles conditions. Je lui en fis la remarque. Avec la plus parfaite mauvaise foi, il n'en confirma pas moins que, pour lui, situation exceptionnelle ou pas, ce plat pays dont nous découvrions, à nos pieds et jusqu'à l'horizon, la marqueterie des bois, des prés et des champs, des villes et des usines, était le plus beau qui puisse se trouver.

Puis il eut un temps d'hésitation. Il venait de se souvenir que, même si je savais ce qu'était un « coulon » et ce que signifiait leur « enlogement », je n'en étais pas moins un étranger, quelqu'un qui osait proférer qu'il n'était de nulle part.

– Et chez toi, ne put-il s'empêcher de demander, c'est comment ?

Je me souvins juste à temps de la façon que j'avais eue d'échapper à l'inévitable enfermement dans une identité locale.

– Ça dépend..., déclarai-je en souriant.

Il me considéra longuement, l'air perplexe, puis haussa les épaules en se relevant.

– Bon. Pas de tout ça. Faut redescendre. Tu viens avec moi ? Si tu veux voir mes coulons, c'est le moment.

C'était une invitation à ne surtout pas décliner ! J'acceptai avec enthousiasme et lui emboîtai le pas.

Il m'entraîna à sa suite jusqu'à son pigeonnier. Il était installé dans une remise qui se dressait au fond du jardin d'une maison identique à celle de Stéphanie Brovsky.

– Ils viennent de rentrer, lui lança un voisin, par-dessus le léger grillage qui séparait leurs planches de carottes, de laitues et de pommes de terre.

Il parlait évidemment des pigeons. Ils échangèrent quelques mots. J'avais prouvé que le parler local m'était assez connu pour qu'on évitât de s'entretenir des raisons de mon insolite présence. Je me tenais légèrement en retrait. Autour de nous, entourés de leurs jardinets, c'était par dizaines qu'on comptait ces petits logements ouvriers concédés, en d'autres temps, par le paternalisme et l'intérêt patronal. Ces corons avaient longtemps symbolisé l'âpreté de la condition des mineurs. Avait-il suffi qu'on les nettoie, que s'efface la gangue de charbon qui les enserrait, après que la mine eut fermé, pour que la vie n'y soit plus la même ? L'homme que j'avais rencontré au sommet du terril dut deviner ma pensée.

– Tu vois, me dit-il, je suis né dans cette maison. Mon père était mineur. Il a passé la moitié de sa vie au fond. Il en est même mort. La silicose, comme les autres… Moi, je n'y suis jamais descendu. J'ai bien été employé aux charbonnages quand j'étais jeune. Un fils de mineur, ça ne pouvait pas trouver d'embauche ailleurs qu'aux charbonnages. Mais ce n'était déjà plus la même chose. J'ai juste travaillé un peu en surface, à l'entretien, dans les dernières années avant que ça ferme. Ils nous ont proposé de rester et de racheter nos maisons à des prix tout de même avantageux. Je n'ai pas hésité. J'aurais peut-être gagné plus de sous ailleurs. Et encore... Ce n'est pas sûr. Mais ce qui est certain, c'est que je n'aurais trouvé nulle part ailleurs un endroit où on est aussi bien. Ici, c'est comme une grande famille. Ça ne veut pas dire qu'on s'entend tous. Il y a des tensions, mais il n'y en a pas un pour lever le col plus haut qu'un autre. Ici, on est tous des ouvriers. Des gens simples, quoi. Et ça nous plaît comme ça.

On avait atteint son pigeonnier. Il avait la main sur la poignée de la porte. Il ne l'ouvrit qu'une fois prononcés ses derniers mots, comme s'il eût fallu que les choses soient claires avant que je puisse accéder au saint des saints. Il me le fit visiter en même temps qu'il s'émerveillait de l'état de ses pigeons à peine rentrés de leur long périple.

– Frais comme des gardons ! répétait-il inlassablement.

Il tenait dans sa main gauche une pigeonne d'un beau gris bleuté qu'il caressait doucement de la droite. À l'observer, je ne parvenais pas à trancher. L'oiseau manifestait-il du plaisir ou s'inquiétait-il de ce qui allait advenir de lui ? Là encore, il parut entendre ma question sans même que je l'aie posée.

– Qu'est-ce que tu crois ? dit-il dans un large sourire. Elle aime bien que je la caresse. Bon, si je la lâche, elle va s'envoler. Chez eux, c'est comme ça. Ce ne sont ni des chiens ni des chats. Mais regarde ce qu'elle va faire.

Il la lâcha. Elle fusa de sa main jusqu'à un perchoir,

juste devant nous, où, en roucoulant à perdre haleine, elle se retourna prestement pour nous faire face.

– Tu vois, dit-il en la reprenant, elle en redemande.

Fixé par une bague à la patte du volatile, le minuscule émetteur l'identifiait sans risque d'erreur dès lors qu'elle s'approchait de son pigeonnier. L'appareil trônait en bonne place sur le buffet, dans la cuisine. Ce n'était qu'une boîte grise, banale, à ceci près qu'elle était dotée d'un petit écran sur lequel s'affichaient à la demande les derniers résultats enregistrés. Le numéro d'immatriculation relevé sur la bague de l'oiseau figurait bien en regard de son heure d'arrivée, au centième de seconde près.

Sans que je le lui aie demandé, ni qu'il me l'ait explicitement proposé, il m'avait entraîné dans cette visite méticuleuse de sa passion. Et il paraissait m'être redevable du plaisir qu'il avait eu à me montrer tout ça.

– Tu prendras bien une tasse de café, conclut-il.

Je savais le breuvage souvent redoutable, mais il était hors de question que je refuse. Il s'empressa. Les cafetières électriques modernes avaient eu raison de celles à l'émail plus ou moins ébréché qui, jadis, frissonnaient à longueur de journée sur le coin de la cuisinière à charbon, délivrant, au fil des heures, une boisson de plus en plus imbuvable !

– Ce n'est plus comme dans le temps, dit-il. Le café, maintenant, on le prépare à chaque fois qu'on veut en servir.

Les tasses et le sucre à la main, il revenait vers la toile cirée de la table à laquelle j'étais accoudé.

– Tu comprends, crut-il devoir m'expliquer, moi, je suis à la retraite depuis bientôt un an. Ma femme, elle a encore quelques mois à faire. Alors, en attendant, il faut bien que je me débrouille.

Comme s'il lui fallait réapprendre à vivre depuis que l'usine et ses ateliers n'étaient plus ses raisons de vivre quotidiennes.

– Et toi ? me demanda-t-il enfin en venant s'asseoir en face de moi, le pot en verre de sa cafetière à la main. Qu'est-ce que tu fais, toi ?

La question devait venir. À se demander, à la réflexion, si toutes les explications qui m'avaient été données sans que j'aie à les demander, n'étaient pas la monnaie dont il pensait avoir payé le droit de savoir.

– Rien, osai-je répondre après un temps d'inutile réflexion. Je ne fais rien de bien précis. Je me promène.

Je n'avais pas envie d'entrer dans les détails.

– Tout de même..., commença-t-il en remplissant à ras bord la tasse qu'il avait posée devant moi.

Il ne continua pas, se servit en silence et me tendit le sucre. Nous touillâmes nos cafés en chœur. Il fallut encore que nous nous soyons brûlé les lèvres et la langue à la première gorgée, que nous ayons reposé nos tasses sur leur soucoupe pour qu'il reprenne la parole.

– La Stéphanie..., dit-il brusquement. Son père, il n'était pas autrement que les autres. Mineur de fond. Souvent, quand j'étais gamin, le dimanche soir, il venait à la maison. Avec mon père et quelques autres, ils jouaient aux cartes. Ça arrivait bien des fois que le ton monte... En même temps que le niveau de la bouteille baissait... Tu vois ce que je veux dire. Mais ce n'était pas trop fréquent. C'était comme s'il fallait qu'ils se défoulent. Ça devait trop s'accumuler. Des tensions, des peurs... oui des peurs. Qu'est-ce que tu crois ? Qu'ils étaient au-dessus de la peur ? C'étaient des hommes, rien que des hommes, comme les autres…

Il se tut. Sa tasse de café à la main, il avait laissé filer son regard très loin de là. Peut-être avait-il espéré que j'allais réagir. Je ne bougeai pas. Il reprit lentement.

– Qu'est-ce que je disais ? Ah oui, le père Brovsky. Je me souviens du jour où il nous a dit que sa fille partait à Lille, à la fac. Il était là, au coin de la table, debout, très droit. Il était tellement fier. Mais surtout, il ne fallait pas que ça se voie… Comme les autres, il n'a pas trop profité ni de sa retraite ni de la réussite de sa fille. Même, sa réussite, il ne l'a pas vue. Il est mort avant. En fin de compte, c'est elle qui a repris la maison. Sa mère, elle est partie vivre chez l'aîné de ses fils. Depuis, plus de nouvelles. Est-ce qu'elle vit seulement encore ? Je n'en sais même rien. Et la Stéphanie… Même elle, on ne la voit plus guère…

Il eut de la main un geste d'impuissance.

– Va savoir… Elle a beau dire, on n'est plus du même monde…

Ce fut à nouveau le silence. Il avait fini son café ; moi aussi.

– Tu es comme elle ? Tu écris aussi des livres ? me demanda-t-il à brûle-pourpoint comme si cela aurait pu être l'aveu de la pire des tares.

J'hésitai. Il aurait été si facile de mentir et d'endosser le manteau commode de la différence qui justifie toutes les excentricités. Je ne sus pas aller jusqu'au bout.

– En quelque sorte, dis-je sans panache. Un peu ; j'écris un peu.

C'était lamentable. Je le savais, mais trouvais lâchement un certain confort à cette espèce de brouillard que j'entretenais autour de moi.

– Et ton pays… Tu écris sur ton pays, comme elle ?

– Oh, non !

Mon laconisme devait commencer à l'énerver.

– Tu m'as dit que tu étais un peu du Nord…, attaqua-t-il enfin de front. Tu es d'où ?

J'osai de la main un geste d'indifférence. Il s'assombrit. Je m'obstinai à n'accorder aucune importance à ce qu'il estimait être essentiel.

– Nulle part ! s'exclama-t-il tout à coup. Personne ne peut être de nulle part. Tu es bien né dans un pays, tu y as été élevé, tu y as vécu un certain temps. Tu y es allé à l'école. Tu me dis que ton instituteur, il avait des coulons… Quoi, tu as des racines, comme tout le monde.

Justement. Je commençais à trouver tout cela trop ridicule. Ça changeait quoi que je ne sois plus de là où j'étais né et pas encore de là où je vivais ? Ni attaches ni racines, et pourtant un grand bonheur à vivre en Morvan et à retrouver le Nord. J'étais sur le point de le lui dire. J'ouvrais la bouche pour flinguer à bout portant cette absurde notion de racines qui m'insupportait de plus en plus.

Je réalisai juste à temps. Lesquels des mots que j'allais proférer seraient assez forts pour toucher cet homme attaché jusqu'à l'attendrissement, comme il venait de me le prouver, à l'endroit précis marqué par les patrons de jadis pour que ses aïeux y souffrent et y meurent ? De quel droit irais-je blesser cet inconnu qui, depuis que nous nous étions rencontrés au sommet du terril, me parlait comme à un ami ?

– Je suis né à Blaquery, bredouillai-je comme on se rend. Vous connaissez ?

Il en rit à gorge déployée.

– Si je connais ! Il y a des coulonneux, dans ton pays. Ton instituteur, il a eu des successeurs ! Ah, comme ça, tu es de Blaquery. C'est bien, ça. Et tu y vis toute l'année ?

À nouveau la peur des mots... Je bredouillai une vague réponse qui n'engageait à rien, puis regardai ostensiblement ma montre.

– Vous avez vu l'heure ! m'exclamai-je hypocritement. Je ne l'ai pas vue passer. Vous m'excuserez, mais il faut que je me sauve...

C'était lâche. Il eut la gentillesse – à moins que ce ne soit la sincérité – de ne pas sembler s'en formaliser. Nous nous serrâmes énergiquement la main, et il me chargea de tas de choses à l'intention de ses collègues coulonneux de Blaquery.

19

Même les squatters ne sont pas dispensés d'être de quelque part ! J'arrivai le soir même à cette conclusion mi-amusée, mi-désabusée. Profitant de la douceur de l'air, j'étais allé tirer une chaise longue de la remise où je l'avais repérée. Je m'étais même permis de me servir une bonne rasade d'un excellent bourbon trouvé dans l'armoire à liqueurs d'une connaisseuse. Le chat sur les genoux, le regard perdu dans le fouillis des feuillages des seringas, pommiers du Japon et autres lilas du jardin dans lesquels j'entendais s'ébattre et s'époumoner toute la gent ailée du quartier, je m'abandonnai au bien-être de l'instant tout en me reprochant de ne pas savoir ce que j'allais en faire…

Jadis, maintient une légende à laquelle je ne crois guère, les clochards épinglaient un billet de banque au revers de leur veste. Il leur tenait lieu, dit-on, d'identité. Ou, du moins, il les dispensait d'avoir à en décliner une… Pour cesser de ne plus être d'ici et de ne pas être encore d'ailleurs, j'aurais donné cher pour me trouver un tel artifice ! Mais il n'existait pas. Ce brave homme de « coulonneux » rencontré le matin même au sommet du terril m'en avait assené la preuve.

Sous le fallacieux prétexte de m'inquiéter de ce qu'était devenue Stéphanie Brovsky, je ne faisais que me complaire dans mes contradictions. J'avais même fini, au fond, par oublier la jeune femme. Son silence obstiné, depuis que, au travers de son éditeur, des journalistes, de ses voisins et même du libraire, je tentais de lui passer des messages, pouvait s'interpréter de différentes façons. Il pouvait être délibéré, comme une punition qu'elle m'infligeait et un jeu auquel elle se prêtait. Peut-être avait-elle choisi de disparaître, de s'enfoncer volontairement dans l'anonymat.

Peut-être aussi, pour une raison ou une autre que mon incapacité ordinaire à affronter les réalités m'empêchait d'imaginer, était-elle dans l'impossibilité de répondre à mes signaux ? Peut-être étais-je responsable d'une catastrophe quelconque ? Et j'étais là, chez elle, sur sa chaise longue, son chat sur les genoux, en train de siroter son bourbon alors qu'elle subissait peut-être les effets de mon inconséquence...

Il fallait que je reparte à sa recherche. La terrible question de savoir ce qu'était devenue ma passagère lamentablement abandonnée sur un parking d'autoroute ne pouvait rester indéfiniment en suspens...

Je me rendais à cette évidence tout en feuilletant machinalement *Mes années Nord*. Il me semblait que, faute d'autres éléments, ce que la jeune femme avait écrit là était le seul fil conducteur qui puisse m'aider à comprendre. J'avais eu tort, la première fois, de le refermer avec tant d'indifférence. À la relecture, il m'avait apporté un certain plaisir. L'attachement dont la jeune femme faisait preuve, à l'égard de son rude pays, avait quelque chose d'attendrissant et son livre était, vaille que vaille, un vibrant plaidoyer pour démontrer aux jeunes de la région l'urgente nécessité de ne pas renoncer. Le petit livre, d'ailleurs, ne me quittait guère. Pour un oui ou pour un non, je le sortais de ma poche, l'ouvrais plus ou moins au hasard et me replongeais dans sa lecture. Ce soir-là, ce fut presque par habitude que j'en parcourus les dernières lignes. J'avais l'esprit ailleurs et n'attendais pas du livre qu'il réponde à mes interrogations.

Que pouvais-je encore entreprendre ? À moins... Le détail m'avait jusque-là échappé. Le livre était daté du « Mont Noir ». Que pouvait indiquer cette dénomination sibylline ? Une brève postface suivait le roman. Stéphanie Brovsky y remerciait l'équipe de la villa Marguerite Yourcenar où elle avait été reçue en résidence d'auteur et où elle avait écrit *Mes années Nord.* La seule piste que je n'avais pas encore explorée !

Elle y faisait heureusement allusion aux Flandres et, plus précisément aux monts de Flandres. Cela me mit suffisamment sur la voie pour que, sur la vieille carte trouvée dans la boîte à gants de ma voiture, je parvienne à localiser ce lieu étrange où l'on recevait les écrivains sous le parrainage peut-être pas toujours facile à assumer de la première femme admise à l'Académie française !

Passant sans transition de l'indécision à la plus grande fébrilité, je me persuadai que toutes affaires cessantes, il me fallait me rendre à cette villa du Mont Noir et y renouer, j'en avais la conviction, avec la trace de ma passagère égarée.

Au petit matin, après m'être assuré que je laissais la maison dans l'état où je l'avais investie, je remis le sac de voyage de Stéphanie au milieu de la table de la cuisine. Bien en évidence, devant lui, je laissai une carte de visite.

Je glissai trois caresses sur le dos du chat qui me reprochait déjà mon départ. Je fermai la maison, adressai un sourire au coin du rideau qui se soulevait chez les voisins et pris la route du nord.

Il ne faut pas confondre le nord et le Nord ! Les gens du Nord, c'est un mythe, c'est une légende en même temps qu'une puissante réalité ! Ceux qui ne peuvent pas se réclamer de cette appartenance font la grimace et frissonnent rien qu'à l'idée du gris, du froid, de l'humide qu'ils y associent. Ceux qui en sont se réclament tous de cette étonnante identité faite de sourire, d'amabilité, de sens de l'accueil et de joie de vivre.

Le nord, avec un petit « n », ce n'est jamais qu'un point cardinal. On est toujours au nord de quelqu'un ou de quelque chose. On a toujours plus septentrional que soi. Le Nord avec une majuscule n'est pourtant qu'une création totalement arbitraire. Comme quelque quatre-vingt-dix autres départements, on la doit à la Révolution. Une création tout à fait discutable, étirée sur près de deux cents kilomètres le long de la frontière belge ; parfois étroite de quelques kilomètres, parfois assez large et profonde pour joindre les monts d'Artois et ceux des Ardennes. Au sud de ce Nord-là, avec regret, on doit bien confesser qu'on est presque picard. Pour bien faire, on se prétend wallon de France... ce qui ne veut pas dire grand-chose.

Au nord du Nord, on ne précise même pas qu'on est flamand. C'est l'évidence. C'est un autre pays, d'autres lumières, une frontière mouvante entre canaux, mer du Nord et plaines de Flandres, entre France et Belgique, entre contrebandes qui s'y pratiquaient comme autant de sports.

Entre monts d'Artois et monts de Flandres, en contournant l'immense agglomération lilloise, j'abordai à ce pays de maisons basses, de tuiles et de briques rouges, d'appuis de fenêtres débordant de géraniums en fleurs. J'obliquai légèrement à l'est. Et je vis que je ne connaissais rien à ce que je prétendais être mon pays lorsque commencèrent à s'élever, sur ma droite, où je croyais déjà que se trouvait la Belgique, les pentes des monts de Flandres. Un vrai relief ! Pas les Alpes, bien sûr, ni même mes « monts » du Morvan. Sur la plaine, pourtant, un peu comme le terril qui se dressait derrière chez Stéphanie, des hauteurs d'où seules les brumes courant au fil des canaux et des watergangs pouvaient limiter la vue.

Je traversai à pied le parc de la villa Marguerite Yourcenar alors qu'il était encore assez tôt pour que la vue s'étende jusqu'à la ligne sombre, à l'ouest, des monts d'Artois. Entre eux et moi, je découvrais l'étonnante marqueterie des prés, des champs, des routes et des villes dont la densité et l'imbrication trahissaient la débordante activité de ce pays opulent.

La villa, en revanche, semblait encore dormir. J'eus beau frapper aux portes qui s'offraient à moi, j'eus beau chercher un bouton de sonnette sur lequel appuyer, je ne trouvai aucun moyen d'annoncer ma présence. Cette lourde construction baroque ne pouvait pas être enfermée sur sa seule méditation. Cette maison-là était nécessairement ouverte sur l'attention et la curiosité des visiteurs. Depuis les deux grandes portes vitrées, au mur d'une vaste salle de réunion, je découvrais une étonnante galerie de portraits dont il me semblait qu'ils me regardaient tous en m'invitant à entrer. Je finis par oser pousser une porte.

J'étais dans la place ! Je déambulai, indécis, devant les portraits. Tous étaient accompagnés d'un nom et d'une date qui devait être celle de leur séjour. J'y retrouvai les auteurs de quelques-unes de mes lectures et je tombai sur celui de Stéphanie Brovsky. Le choc fut rude ! Bien sûr que je la reconnaissais ! Comment oublier ce regard sombre, inquisiteur, vaguement inquiet, dans l'ovale parfait d'un visage aux traits d'une grande finesse qui m'avait captivé dès le premier instant lorsque nous nous étions rencontrés chez Gilles ? Le photographe avait su saisir le profond contraste entre la gravité de ces grands yeux noirs et l'éclatante lumière des longues mèches blondes qu'elle laissait couler en liberté sur ses joues, son cou, ses épaules.

Sous le choc de cette révélation je pénétrai dans le salon voisin. Au manteau d'une cheminée un peu trop haute et un peu trop monumentale pour ne pas être factice, un grand portrait de Marguerite Yourcenar répandait généreusement sur la pièce l'amabilité de son sourire et paraissait m'indiquer, en face d'elle, à ma droite, une immense bibliothèque sur les rayons de laquelle s'alignaient les ouvrages des auteurs ayant séjourné là. *Mes années Nord* y trônait en bonne place, mais ma surprise fut grande de découvrir à ses côtés un autre ouvrage de la jeune femme dont personne, jusque-là, pas même Marie-Thérèse, ne m'avait parlé.

Sans me soucier d'être en un lieu où je n'avais pas été invité et où je n'avais rien à faire, je m'en saisis. Je tirai un fauteuil dans la lumière d'un bow-window, m'y enfonçai confortablement et je me plongeai dans la lecture. Il s'agissait également d'un roman que la jeune femme avait publié quelques années auparavant chez le même éditeur.

Le Carrefour de l'Homme-mort n'était certes pas un titre trop engageant. Immédiatement captivé, je sus, dès les premières pages, que je ne m'étais pas trompé. Ce carrefour-là n'était autre que celui où, entre les voies du TGV et l'autoroute du Nord, se dressait l'étonnant petit cimetière que j'avais découvert au début de mon séjour, non loin du parking d'où j'étais reparti sans Stéphanie…

20

Lorsqu'un bruit de portes claquées me fit sursauter, j'avais déjà tourné près de la moitié des pages du petit ouvrage. Moins autobiographique que *Mes années Nord,* il ne s'éloignait pas pour autant de cette réalité polonaise dont il n'était nul besoin d'être grand clerc pour comprendre qu'elle obsédait littéralement Stéphanie Brovsky.

Née en France et ayant toujours vécu au pied de ses chers terrils, le regard immuablement braqué sur le pays d'origine de sa famille et sur son histoire, elle avait éprouvé le besoin de créer un personnage en tous points symétrique à ce qu'elle était. Un homme ; et un homme rude que son métier de chauffeur-routier, dans les premiers temps de l'après-communisme, avait amené à porter un regard d'abord étonné, puis envieux, puis critique sur cette partie de la France qu'il traversait chaque semaine mais qu'il ne voyait que depuis la cabine de son camion. Jusqu'au jour où il était tombé en panne à la hauteur du carrefour de l'Homme-mort. Pendant qu'il attendait qu'on vienne le secourir, intrigué par ce tout petit cimetière, en contrebas de l'autoroute, il y était descendu… et avait retrouvé, sur une tombe, le nom de son arrière-grand-père porté disparu, perdu à jamais croyait-on, dans la boue et la mitraille des tranchées… Un lien venait de se créer entre cet homme d'un autre monde et ce bout de terre de France sur lequel l'Europe entière, pour la guerre ou pour le commerce, n'a jamais cessé d'aller et venir…

Je n'eus pas le temps de me composer une attitude. Pris par ma lecture, je n'avais pas prêté attention au bruit de moteur d'une voiture venue se garer juste devant la villa. Pour que je réalise, il fallut que les portières battent, que s'élèvent des bruits de voix, puis que, presque aussitôt, s'encadre dans la porte du salon une silhouette encombrée de sacs et de paquets.

Elle ne parut pas pourtant marquer une trop grande surprise. Elle m'adressa un sourire plutôt engageant et n'eut rien de plus pressé que d'aller se débarrasser de ses colis dans la cuisine voisine. Alors seulement elle revint et s'intéressa à moi.

– Vous désirez quelque chose, monsieur ?

Toujours bloqué dans mon fauteuil dont je n'avais pas osé me lever, le livre de Stéphanie Brovsky sur les genoux, je restai totalement interdit. Que pouvais-je bien désirer que puisse me fournir cette femme à l'allure imposante et au lumineux sourire bleu dont il semblait évident, dès l'instant où on l'avait vue, qu'elle régnait sans partage sur cette maison ?

L'arrivée d'un homme chargé du restant des courses et inquiet de savoir ce qu'il devait en faire, m'accorda le répit qui me permit de reprendre mes esprits. Je me levai enfin et fis face.

– Je suis à la recherche de Stéphanie Brovsky..., attaquai-je.

Elle ne me laissa pas le temps d'aller plus loin dans mes explications.

– Stéphanie ? Oh là ! Ça fait combien ? Deux ans, trois ans qu'elle a été en résidence. Depuis, elle est bien venue nous dire un petit bonjour de temps à autre, mais vous ne la trouverez pas ici...

Elle pesait sur les voyelles qu'elle laissait s'éterniser. Cela donnait à son expression cette rondeur qui fait tout le charme de l'accent du Nord. Craignant une nouvelle fois de me trouver dans une impasse, je me permis d'insister.

– Je m'étais dit... Comme elle est du Nord...

– Et alors ?

Elle se redressa tout à coup et parut me dominer de toute l'importance de sa fonction.

– Voyez-vous, je suis la gouvernante de cette maison, m'expliqua-t-elle. Entre mars et novembre, on reçoit ici trois écrivains à la fois en séjours d'un ou deux mois. Ça vient de toute l'Europe. Alors, vous comprenez, que Stéphanie soit du Nord ou d'ailleurs, ça ne change pas grand-chose.

Elle se tut, parut hésiter, me dévisagea quelques instants.

– Et vous lui voulez quoi, à Stéphanie ? demanda-t-elle enfin, comme une ultime précaution avant de me confier ce qu'elle avait manifestement la plus grande envie de me dire !

En pesant mes mots, je lui expliquai ce qui me parut

possible de la situation dans laquelle je me trouvais. Curieusement, elle ne sembla pas particulièrement étonnée.

– Vous savez, des écrivains, j'en ai vu de toutes les sortes. Et ce n'est pas toujours du facile... Mais Stéphanie, elle, elle est tellement gentille ! Elle fait partie de mes meilleurs souvenirs. Et pourtant, il y en a, des souvenirs, vous pouvez me croire.

Elle repartit vers sa cuisine. Je la suivis. Elle était du genre de ces femmes qui ne peuvent pas garder les mains inactives. Il semblait même que de les occuper à ranger ses courses l'aidait à mieux réfléchir. Car, de tous ces souvenirs que lui laissaient ses résidents, j'étais déjà persuadé que, sans que les raisons m'en apparaissent, elle avait décidé de m'en confier certains.

– Parce que justement..., dit-elle comme pour elle-même.

Je me gardai bien d'intervenir. Elle finit d'enfourner dans un placard quelques paquets de pâtes, se redressa et alla s'asseoir à la table.

– Asseyez-vous là, me dit-elle en me désignant une chaise en face d'elle. Vous prendrez bien un café ?

Je m'empressai d'accepter.

– La Stéphanie..., reprit-elle en laissant un regard songeur filer vers les pelouses et les bois qui entourent la maison. C'est qu'elle est venue il n'y a pas si longtemps...

Elle se tourna vivement sur sa chaise.

– Paul ! cria-t-elle.

On répondit vaguement, du fond de la maison. Elle insista.

– Viens donc voir.

Cette fois, on maugréa. Mais en s'approchant. Elle n'eut cure des protestations.

– Stéphanie, c'était quand, la dernière fois qu'elle est passée ?

Paul s'installa sur la chaise voisine de la mienne.

– Donne-moi donc une bière, dit-il, comme si c'était là l'unique carburant possible de sa mémoire.

Elle lui décapsula une canette et la lui tendit avec un verre.

– Bof, dit-il comme s'il se replongeait dans le passé le plus lointain. C'était quoi… En avril, peut-être début mai. Toujours pas plus tard.

– Vous voyez, dit-elle.

Toute la tristesse du monde sembla lui tomber soudain sur la tête.

– Pauvre petite Stéphanie, se désola-t-elle. Une fille si gentille, si bien…

– Ah bon ? m'inquiétai-je. Quelque chose qui n'allait pas ?

Elle haussa les épaules.

– Rien de plus que d'habitude… Rien de moins non plus ! Mais comment donc qu'ils sont faits, ces gens-là ? Voulez-vous me dire pourquoi… Elle est pourtant née en France, dans le pays des mines. Ses parents, ils étaient français, mais à la maison, ça leur arrivait de parler polonais, entre eux. Quoi de plus normal ? Mais de là à être comme Stéphanie… Non, ce n'est pas raisonnable…

Je n'avais évidemment aucune question à poser ; j'étais censé connaître aussi bien qu'elle la nature de la déraison de Stéphanie. Faute de savoir jusqu'où il m'était permis d'être curieux, je résolus de rester silencieux et attentif à ses paroles.

Ce dut être le bon choix. Elle m'observa un long moment tout en touillant machinalement son café. Elle continuait à évaluer les raisons qu'elle pouvait avoir de me faire confiance.

– Vous ne trouvez pas ? me demanda-t-elle enfin. Ce n'est pas croyable d'être comme ça. Elle n'est pas bien en France ? Même que, à ce qu'on en dit, elle ne réussit pas trop mal. Elle a sa maison, elle a un peu de sous. Aller se rendre malade parce que, dans son pays... Même pas : dans le pays d'où sont venus ses grands-parents, la guerre, ça a été pire encore que chez nous... À croire que tout ça, c'est de sa faute à elle... Les juifs, le ghetto de Varsovie, Auschwitz, les camps, tout... Mais, si on la laissait dire, ce serait à croire que ça existe encore, que ça continue... Et que c'est parce qu'ils sont polonais, parce que ça ne peut pas être ailleurs. Comme une malédiction, quoi. Mais nous ? Il ne s'est rien passé, ici ? On n'a pas eu notre compte ? Surtout ici, dans le Nord. Zone spéciale, qu'ils disaient. C'est qu'on en a vu, pendant la guerre. Est-ce qu'on est encore à se chercher des poux à cause de ça ? Tenez, dans le précédent séjour, il y avait un Allemand. Qu'est-ce qu'il était gentil, cet homme-là ! Et drôle avec ça. Hein, Paul, qu'est-ce qu'on a rigolé avec lui. Mais la guerre ? Pas un mot, pas une allusion. La page, elle est tournée. Il faut voir devant, maintenant. Vous ne croyez pas ?

J'étais convaincu ! Mais j'étais aussi un peu époustouflé par un tel discours.

– Pendant son séjour ici, elle a toujours été comme ça ? essayai-je.

Elle n'eut qu'un temps bref d'hésitation.

– Plus ou moins. Il y avait des jours avec et des jours

sans. Ce n'est pas qu'elle ne fait pas d'efforts, mais on sent bien que ça la travaille, c'est comme ça. Encore, ici, elle était loin de chez elle, hors de son ambiance habituelle. Vous connaissez les corons, dans le pays des mines ? Même de nos jours, c'est encore moitié polonais, tout ça. Alors, bien sûr, sensible comme elle est, ça n'arrange pas les choses. Moi, je lui ai dit : « Pourquoi tu ne pars pas ? Pourquoi tu ne vas pas t'installer ailleurs ? Tu y serais bien mieux. » Vous ne croyez pas ?

C'était donc ça ! Je devais représenter pour la brave femme un espoir de sortir Stéphanie de sa psychose ! J'eus la maladresse de pousser mes questions un peu trop loin.

– Elle l'a déjà fait, ça ? Elle est partie de chez elle pendant un certain temps ?

– Elle ne vous l'a pas dit ?

Je ris.

– Eh ! Peut-être ne nous connaissons-nous pas depuis assez longtemps !

Elle avait fini son café. Sa tasse à la main, elle se leva. Elle rafla la mienne au passage et laissa son verre à Paul qui n'avait pas fini sa bière.

– Voilà ce que je peux vous dire, mon bon monsieur, me signifia-t-elle en se dirigeant vers l'évier.

En somme, j'étais congédié ! Je tentai le tout pour le tout.

– À votre avis, demandai-je, si elle est partie comme ça, c'est pour aller où ? Elle a une région qu'elle aime particulièrement, des amis chez qui aller ?

– Peut-être bien, mais elle ne me l'a pas dit…

21

Pour édulcorer en moi la sensation d'être venu jusque-là pour rien, je continuai ma route et pénétrai en Belgique. La frontière n'existe plus. Ou du moins la franchit-on sans la moindre formalité. C'est à peine si l'on remarque encore, sur le trottoir, désormais coincée entre des constructions bien plus conséquentes, la maisonnette qui abritait jadis les douaniers. Elle n'a pourtant jamais été aussi évidente sur le plan du commerce, quasi inexistant côté français, et littéralement grouillant côté belge !

C'est le royaume du kitsch ! Des galeries entières d'ameublement hideux ; des vitrines regorgeant d'objets dont l'étonnante laideur ne semble pas les empêcher de trouver preneurs, tant les quantités offertes sont importantes ; des cavernes d'habillement du goût le plus discutable, des armées de nains de jardin, des meutes de chiens de garde ou de compagnie en plâtre ou en matière plastique et même, coincées entre cette débauche de superlatifs de l'inesthétique, des petites boutiques aux allures volontairement interlopes derrière les tentures noires desquelles s'entassent des montagnes d'objets à vocation plus ou moins érotique… Construit sans grand souci d'urbanisme le long de la route d'Ypres, en plein milieu des bois et des champs, un village entier que l'on dirait délibérément voué au mauvais goût… Comme une involontaire provocation à Marguerite Yourcenar dont la maison se dresse à moins d'un kilomètre de là. Je me laissai pourtant tenter par la terrasse d'une brasserie où régnait la blondeur de la bière et des frites. Je m'installai et commandai. J'étais affamé, comme si je surgissais soudainement d'une trop longue période de rêverie et d'abstinence.

Seul maintenant me préoccupait le sort de Stéphanie. J'avais enfin oublié ma rêverie au cœur du pays originel retrouvé par hasard… Je me sentais coupable de ne pas m'être préoccupé assez vite de ce qui avait bien pu advenir de la jeune femme depuis qu'elle avait quitté ma voiture. Je m'en étais trop longtemps remis aux réponses escomptées à mes courriers et à mes messages divers. Aucune n'était venue.

Une fois de plus, j'avais perdu la trace de Stéphanie. L'espoir qu'avaient fait naître en moi ses liens avec la villa Marguerite Yourcenar n'avait pas fait long feu. Tout au plus y avais-je gagné une meilleure connaissance du personnage. Entre la lecture du *Carrefour de l'Homme-mort* et ce qu'avait bien voulu me dire d'elle la gouvernante de la résidence, je voyais se dessiner un être bien plus subtil et plus complexe que ce à quoi j'aurais pu m'arrêter si je m'en étais tenu à mes seuls souvenirs !

Mais à quoi cela me servait-il si je restais incapable de la retrouver ? Sans quitter ma table de terrasse, j'arrêtai successivement cinq ou six stratégies différentes. De la reprise pure et simple du squat de sa maison au retour dans le Morvan, en passant par une prolongation de mon séjour chez Marie-Thérèse, à Blaquery.

Depuis cet univers arbitraire et surfait de la frontière belge aussi dépaysant qu'un voyage au bout du monde, il me fut plus aisé de prendre le recul nécessaire. Je tournais en rond. La chaleur de l'accueil de ce pays dont il se trouvait, par-dessus le marché, qu'il était le mien, avait eu pour effet de m'égarer. Mieux valait que je m'éloigne. L'aventure était finie. La certitude me vint que depuis chez moi, en Morvan, j'y verrais plus clair.

Je finis ma bière, commandai un café et réglai l'addition tout en le sirotant à petites gorgées. Je reposai ma tasse à l'instant précis où la musiquette de mon portable me signifia, du fond de ma poche, qu'on venait de m'adresser un texto. Je ne suis pas un aficionado de ces messages à l'orthographe et à la syntaxe massacrées. Je n'y attachai aucune importance et remis sa lecture à plus tard.

J'allais redescendre jusqu'à Blaquery. J'y ferai étape. Je devais ça à Marie-Thérèse et n'étais peut-être pas totalement indifférent à l'idée de revoir Paulette Leduc. Puis, tranquillement, sans me presser, je reprendrai pour de bon, cette fois, le chemin du Morvan. Par pure correction, tout en cheminant vers ma voiture, au long des trottoirs du Mont Noir, j'appelai Marie-Thérèse et lui annonçai mon arrivée pour le soir même. Elle fut, je crois, tout à fait sincère en exprimant un plaisir qui s'accordait parfaitement au mien. Ce fut donc dans les meilleures dispositions d'esprit que je m'installai derrière le volant de ma voiture.

C'est alors seulement, avant de poser mon portable sur le siège du passager, à côté de moi, que je repensai au message qu'on y avait laissé. «Je suis en vacances, m'y annonçait mon fils. Tu me recevrais en Morvan quelques jours ? » Cette question ! Si je m'y attendais ! Bien sûr que je te recevrai avec un immense plaisir, mon fils, mon Yvon dont j'ai peut-être eu tort d'imaginer que tu t'éloignais de moi et de ma façon de vivre. Pour une fois que c'est toi qui en demandes !

Ce fut à mon tour de me coller à l'exercice redoutable de la rédaction d'un texto. «Je passe à Paris dans deux jours. Je t'y prends. Ça marche ? » Merveille de la technique. Au feu rouge, dans le centre de Bailleul, avant de tourner à gauche, devant la poste, en direction de l'autoroute, j'eus tout le temps d'atteindre la réponse déjà arrivée et de m'en régaler. « OK, ça marche ! Où, à quelle heure ? »

Détails domestiques que je m'autorisai à laisser en suspens jusqu'à ce que, depuis chez Marie-Thérèse, ce soir-là, le temps me soit donné de coordonner nos emplois du temps. J'étais à nouveau un homme important qui devait décider et user d'autorité pour qu'on s'accorde à lui reconnaître ses qualités d'organisateur !

Marie-Thérèse en fut amusée.

– Tu l'as pris où, ce don de l'organisation ? me taquina-t-elle quand je lui expliquai par le menu la difficulté qu'il y a, pour un père, à récupérer son adolescent de fils dans la presse parisienne. Et ta femme ? Qu'est-ce qu'elle dit de tout ça ?

– Le problème, justement, c'est qu'elle n'en dit rien. Elle est contre. Elle ne veut pas qu'il vienne en Morvan, ce gamin. Elle croit que j'y vis comme un clochard et que je vais porter atteinte aux bons principes qu'elle estime lui avoir inculqués, à ce pauvre gosse. C'est bien pour ça que ça me fait plaisir qu'il décide de lui-même d'y venir. Il n'a certainement pas dû lui demander son avis. On va la mettre devant le fait accompli !

– Et tu vas tenir bon ?

Je préférai ne pas relever.

– Tu n'es plus le même, s'étonnait Marie-Thérèse avec un soupçon d'inquiétude dans la voix.

Qu'avait-on fait à son grand garçon ? Que lui en resterait-il si, à peine retrouvé, il prenait tant d'assurance que le peu d'influence qu'elle gardait sur lui allait inévitablement fondre ? Curieusement, Paulette Leduc fit le même constat. Cela parut ne pas lui déplaire. Je me gardai bien de mettre en doute devant elle ces prodigieux changements qu'elle disait constater en moi. À vrai dire, j'eus beau chercher, je n'en ressentais pas le moindre effet !

L'immense plaisir de retrouver mon fils et de l'emmener pour quelques jours de vacances en Morvan avait fait naître l'illusion d'une nouvelle et bien illusoire confiance en moi. Le sourire que j'arborais était peut-être, pour cette seule raison, plus lumineux que ce qu'elles m'avaient jamais connu. Ce n'était pourtant qu'une façade, trop clinquante pour ne pas être superficielle. L'une comme l'autre auraient été surprises, et certainement choquées, si elles avaient pu pénétrer dans le marais de questions, d'inquiétudes et de sentiments vagues de culpabilité dans lequel je me débattais.

Je ne fis évidemment rien pour les détromper. Surtout pas Paulette à qui j'avais raconté mes aventures sur le parking de l'autoroute, mais à qui je n'eus pas envie d'avouer le peu que j'avais fait, depuis. Plus le temps passait, plus ma mauvaise conscience m'embarrassait. J'étais bel et bien en train de m'installer dans deux existences. Il y en avait une visible, transparente, que tout le monde connaissait et dans laquelle j'étais si fier d'emporter des petites victoires comme celle que venait de m'offrir Yvon. Et puis une autre prenait place dans l'ombre, dans laquelle je pataugeais lamentablement sans plus savoir si j'y étais une victime, un laissé-pour-compte, ou un goujat aux agissements pour le moins répréhensibles…

Je ne sus jamais si je m'étais éloigné de Blaquery à regret ou avec soulagement. Je promis que je reviendrais. J'étais sincère. J'étais aussi impatient de retrouver Yvon. Je filai sans trop chercher à analyser la nature de mon trouble.

Mon ex-épouse, lorsque je me trouvai en face d'elle, pendant qu'Yvon bouclait son bagage, n'en revint pas. Je tins bon ! Aucun des arguments qu'elle tenta d'opposer à la décision de notre fils de venir passer quelques jours avec moi ne résista à ma fermeté. Celle-ci réjouit Yvon au plus haut point. Il n'avait pas si tôt bouclé sa ceinture de sécurité qu'il tint à m'en faire le compliment à sa façon.

– Dis donc, vieux, tu n'y es pas allé par quatre chemins. Elle n'était pas trop d'accord, maman, mais tu lui as cloué le bec !

Oh là ! Ça partait vite et loin ! Il me fallut rectifier.

– Non. Je ne lui ai pas cloué le bec. Ce n'est tout de même pas comme ça que ça se passe, entre nous. Mais enfin…

Il éclata de rire.

– Laisse tomber, tu veux ! J'aime bien te voir comme

ça. Je me dis que c'est parti pour être des chouettes vacances !

Où était passé le Yvon qui trouvait tous les prétextes pour ne pas s'éterniser chez moi et même, depuis quelque temps, pour ne pas y venir du tout ? Nous venions de nous engager sur l'autoroute du Sud. Cette fois j'étais sûr de ne pas m'être trompé ! Il y avait peu de circulation. Je prenais mon temps et le regardais à la dérobée. Il avait incliné le siège de la voiture et l'avait reculé autant que possible. Les pieds sur le tableau de bord, il se tenait au fond des coussins, les mains bien calées sous la nuque. Mon fils me donnait l'image d'une décontraction et d'une aisance que je ne lui connaissais plus depuis longtemps. J'en fus ravi.

– Sûr que ça va être de chouettes vacances, m'empressai-je de confirmer. Pour moi aussi !

Il se tourna vers moi, l'œil à la fois amusé et presque critique.

– Eh, oh, fit-il. T'avais qu'à le dire avant. On n'aurait pas attendu si longtemps.

Je n'en revenais pas ! Voilà que ça allait être de ma faute.

– J'aurais dû dire quoi ?

Sans quitter la circulation des yeux, je sentis plus que je ne vis, à mes côtés, le mouvement qu'il eut pour hausser les épaules.

– J'sais pas, moi, reprit-il. Dire ce que tu as dit tout à l'heure, être comme tu es là.

– Et je suis comment ? Pas comme d'habitude ?

Je sentis le regard scrutateur qu'il posait sur ma nuque.

– Tu le sais bien, dit-il.

Il se trémoussa sur son siège. Il s'était recroquevillé dans les coussins, les genoux au menton, et me considérait d'un œil goguenard.

– À quoi tu penses ?

Il eut à nouveau cette espèce d'étonnant haussement d'épaules dont il semblait qu'il émanait de son corps entier.

– J'sais pas…, dit-il.

Il rit bruyamment.

– Des fois, j'me dis… Peut-être… Tu ne serais pas amoureux, toi ?

22

Nos rires entremêlés emplirent quelques instants l'habitacle. Ce n'était pas l'idée que je puisse être amoureux qui me faisait partager son hilarité, mais sa façon d'amener sa question et la satisfaction un peu gênée qu'il avait de l'assumer.

– Et qu'est-ce qui peut te faire dire que je pourrais être amoureux ? tentai-je.

Cette fois, son haussement d'épaules se fit plus discret, plus doux.

– J'sais pas, dit-il. Peut-être... Ta manière d'être... Tu n'es plus le même...

Les jeunes ont de ces mots pour vous envoyer leurs vérités à la figure... J'eus la tentation de lui demander d'expliquer. Mais, après tout, il semblait porter ce changement à mon crédit. Mieux valait ne pas trop fouiller dans des idées et des points de vue que je pourrais avoir quelques difficultés à expliciter... Je préférai assumer sans entrer dans les détails.

– Peut-être que toi aussi tu as changé. Peut-être que la vérité, c'est que nous sommes moins éloignés l'un de l'autre.

Sans le voir, je le sentis se raidir.

– Bien sûr, grinça-t-il, l'adolescence… Quel âge épouvantable, l'adolescence ! Mais je suis sur le chemin d'en sortir. C'est ça ce qui a changé… Le chemin de la rédemption. Tous les espoirs sont permis. Elle a bon dos, l'adolescence, tu ne trouves pas ?

– Ce n'est pas ce que j'ai dit, mais puisque tu y penses, c'est que ça doit être vrai pour une part, même si j'admets que moi aussi, j'ai pu changer.

Je revenais sur le terrain qui l'intéressait. Il se redressa légèrement. La circulation sur l'autoroute était très fluide. Nous roulions bon train. Le corps à demi tourné vers moi, le regard perdu loin, très loin au bout du ruban d'asphalte, il parut s'abîmer dans la réflexion que lui inspirait cette grande nouveauté : nous étions en chemin l'un vers l'autre ! À en croire le léger sourire qui fleurissait dans son œil et au coin de ses lèvres, ce n'était pas pour lui déplaire.

J'étais le plus heureux des hommes. J'en venais presque à oublier toutes les autres raisons que j'aurais pu avoir de me faire du souci. Longtemps, nous partageâmes le même silence complice. Puis, je ne sais plus quel détail entrevu dans la nature, au-delà du grillage de l'autoroute, nous donna prétexte à reprendre une conversation paisible glissant facilement d'un sujet à l'autre, au rythme de ce qui nous venait à l'esprit, comme seules peuvent le faire et l'apprécier deux personnes se connaissant et s'appréciant bien.

J'avais fort heureusement le souvenir de telles ententes entre nous. Mais il n'était alors qu'un enfant. Notre séparation, l'influence de sa mère et, quoi qu'il en dise, la rébellion facile de l'adolescence, même si elle n'était que superficielle, l'avaient temporairement éloigné de moi. Je ne m'en suis jamais vraiment formalisé, même si j'ai souffert de ne plus le voir. J'avais la conviction que nous nous retrouverions. Ce n'était qu'une période néfaste à passer. Elle s'achevait là, dans ma voiture, alors que nous roulions vers ma maison du Morvan. J'en avais une conscience très claire ; j'en étais immensément heureux et je ne voulais voir que ce bonheur. La part d'ombre qu'il me fallait bien garder à l'esprit, l'inquiétude et la crainte latente d'avoir à supporter, un jour ou l'autre, les conséquences de mes possibles erreurs, je les reléguais aux limites de mon subconscient. L'instant était à mon fils et je n'entendais pas que nous en soyons frustrés.

– C'est vrai que tu as changé ! me dit-il à brûle-pourpoint. Tu n'es plus le même. Tu as vu ? On ne se chamaille plus !

De sa part, c'était de la pure mauvaise foi ! Il passait un peu trop facilement par pertes et profits la part active qu'il prenait, jadis, dans ce qu'il appelait nos chamailleries. Je me contentai d'en rire. Il sourit et reprit la question qui le titillait là même où il l'avait laissée !

– Tout à l'heure, tu ne m'as pas répondu : tu es amoureux ?

À nouveau, j'éclatai de rire, mais il ne m'accompagna pas.

– Alors ? insista-t-il très sérieusement.

– Non, finis-je par affirmer sans conviction. Je ne crois pas être amoureux !

– Tu ne crois pas !

Il se tourna franchement vers moi en redressant son siège. On venait de quitter l'autoroute. Nous nous enfoncions dans les forêts et les collines du Morvan par une succession de petites routes que nous connaissions par cœur, mais dont le charme opérait toujours sur nous avec autant de force.

– Si tu dis que tu ne crois pas, c'est déjà que tu es amoureux, décréta-t-il avec assurance. On peut savoir qui ? Elle sera chez toi ?

Mon rire devait être nerveux, tendu.

– Non, bien sûr…

Il se tenait en équilibre, une main sur le tableau de bord, l'autre sur le dossier de son siège, prêt à la joute. Je fus plus rapide que lui.

– C'est non aux deux questions. Il n'y a personne chez moi et personne n'aurait de raison d'y être !

– Alors, le Nord, c'est pour ça que tu en reviens ?

J'avais une pente facile sur laquelle engager la conversation pour qu'on change de sujet.

– Le Nord, tu sais que c'est mon pays.

À ma plus grande surprise, je n'eus droit qu'à un nouveau haussement d'épaules cette fois totalement critique.

– Ton pays ! Ça veut dire quoi, ça ? Ça fait combien de temps que tu l'as quitté ?

– J'y suis né. J'y ai passé toute ma jeunesse.

– Ah bon ? Quelle émotion !

Il fit semblant d'écraser une larme sur sa joue.

– Pour un peu, j'en pleurerais !

– J'y ai retrouvé des tas de gens qui se souvenaient de moi. Même Marie-Thérèse. Tu sais, Marie-Thérèse… Je t'en ai parlé.

– Ah bon…

– Toi, plus tard, peut-être que tu seras content de

retrouver ton quartier, ton école, les gens que tu as connus…

Il éclata de rire.

– Tu rigoles ? Qu'est-ce que j'en ai à foutre de mon quartier, de mon école ? Eh, oh, papa ! Sors-toi de là ! Vis avec ton temps. Bon, les gens que j'ai connus, je veux bien. Mais il y a la poste, le téléphone. Il y a même Internet pour ne pas perdre le contact. Et si tu t'es passé d'eux si longtemps, c'est que tu n'en avais pas trop besoin, non ? Tu ne crois pas ?

J'étais sidéré. Il avait des idées bien arrêtées, mon fils. Trop, peut-être. Comment pouvait-il opposer une telle froide détermination à mes interrogations et à mes doutes ?

– Alors, pour toi, être d'ici ou d'ailleurs, ça n'a pas d'importance ?

– Aucune ! Il suffit de voir tes paysans du Morvan. Ça n'a pas l'air de trop leur réussir, d'être de quelque part. Bientôt, il n'y en aura plus un seul d'authentique, alors… On n'est pas d'ici ou d'ailleurs. On vit quelque part et on s'y trouve plus ou moins bien, c'est tout. C'est mieux comme ça, non ?

Ce n'était pas mon avis ! Il avait les jugements à l'emporte-pièce que lui soufflait sa jeunesse. Et j'avais, pour ma part, l'incapacité à trancher, à m'en remettre à un parti plus qu'à un autre. Je ne me faisais aucune illusion ! Il n'arrivait pourtant pas à me convaincre. En réalité, il me fallait admettre que j'étais un peu déçu. J'avais caressé le rêve un peu naïf de le voir manifester l'envie de connaître le pays de son père et de son grand-père. Même Marie-Thérèse…

– Eh bien, tu vois, tentai-je tout de même de me

défendre, à séjourner là-haut comme je viens de le faire, j'ai l'impression d'avoir retrouvé beaucoup de ma jeunesse.

– Bof… Et après ? Tu vas y retourner ? Tu vas t'y installer ? Non, bien sûr. Tu as choisi le Morvan… un peu par hasard. Tu vas y rester. Et tu y seras aussi bien qu'ailleurs.

Il avait raison, mais il y avait dans sa position une sorte de cynisme glacé bien trop logique pour que je puisse adhérer. Et c'était la marge d'émotion, d'attendrissement, mais aussi d'hésitation qui faisait la complexité et le charme du problème. Je ne serais plus jamais totalement chez moi à Blaquery pas plus que je ne l'étais vraiment en Morvan. Il est des choses, n'en déplaise à sa jeunesse, entre lesquelles on ne peut ni ne veut choisir.

– Tu vois, dit-il avec un sourire presque triomphant, on se retrouve tous les deux à être de nulle part ! Moi parce que c'est mon choix, toi parce que, au fond, tu ne sais plus très bien. Vrai ou faux ? Vrai, bien sûr ! Résultat : la boucle est bouclée ! On est de nouveau ensemble, moi, en paix avec mon âme, toi, à te torturer les méninges sans trouver de solution… Pour la bonne raison qu'il n'y en a pas !

L'animal… Il avait de la chance que nous roulions. Je lui aurais flanqué des baffes ! Comment pouvait-il être si sûr de lui par pure ignorance ? Moi, à force de m'imaginer que je savais, je finissais par embrouiller les choses à un tel point que je ne savais plus où j'en étais…

On avait trop longtemps à son goût tergiversé sur une question qui, de son point de vue, n'en valait évidemment pas la peine. Il lui fallait vite en revenir à l'essentiel !

– Alors comme ça, elle est du Nord ?

Il fallait qu'il y revienne !

– Qu'est-ce que ça peut te faire ? Tu sais bien que, de toute façon, je ne te répondrai pas.

Il eut l'air déçu. Déjà réapparaissait dans son regard cet air sombre et buté qui avait été le sien durant toutes ses années d'adolescence.

– Tu vois, dit-il. Ça n'aura pas duré longtemps. Te voilà redevenu comme avant. Tu as toujours été comme ça. J'aurais tellement aimé pouvoir avoir des secrets à partager avec mon père…

C'était parfaitement injuste. Il le savait, mais il en rajoutait par plaisir et par provocation. Je refusai d'entrer dans son jeu.

– Il ne tient qu'à toi de me faire partager tes secrets. Si j'en avais je te le dirais. Il se trouve que non, tu vois, je ne suis pas amoureux ! Du moins pas suffisamment pour pouvoir l'affirmer. Si ça m'arrive, je te le promets, je te le dirai. D'ailleurs, si cela devait arriver, tu la connaîtrais vite.

Les nuages étaient oubliés ! Le sourire était revenu et le plaisir de chercher à en savoir plus.

– Comment elle est ? Dis-moi !

Il ne céderait rien de sa conviction. J'abdiquai non sans un certain plaisir. Me dire amoureux de Stéphanie était aller d'autant plus vite en besogne que je ne m'étais jamais vraiment posé la question. Je m'étais contenté de vivre, en quelque sorte, sur l'élan de notre soirée de flirt chez Gilles. Assez hypocritement, j'acceptai d'entrer dans son jeu sur une simple pirouette.

– Oh, pour toi, c'est une vieille, bien sûr, mais…

– Mais quoi ?

J'aurais été incapable de lui faire une description un tant soit peu réaliste de Stéphanie. Je l'avais pourtant tenue dans mes bras, et même très étroitement si j'en croyais ce que m'en avait dit Gilles. Je me sentais pourtant incapable de la visualiser autrement qu'au travers du portrait d'elle que j'avais vu exposé dans la galerie de la villa Marguerite Yourcenar.

– Rien. Ce sera à toi de me dire… si je juge utile de te la présenter un jour.

Plutôt que de remonter sur ses grands chevaux, il choisit d'en blaguer.

– La vérité, c'est que tu as la trouille que je te la pique, oui !

Je me contentai de lui envoyer une légère bourrade dans l'épaule. Nous approchions. Il se fit plus attentif au paysage et à tous les points de repère qu'il y trouvait. Au-delà du profond attachement à la ville qu'il proclamait par mimétisme, il aimait profondément cette campagne. Même si, auprès des copains et dans l'entourage de sa mère, à le maintenir, il serait passé pour un plouc.

– Tiens, ils ont coupé du bois, là-haut, dit-il.

Il lui fallait se réapproprier les moindres détails du paysage. Déjà, il y retrouvait sa place.

– Tu as l'œil !

Penché sur le pare-brise, il observait attentivement le versant, devant nous, que les bûcherons avaient dénudé l'année précédente.

– Tu te souviens du vieux chemin qui longe la crête ? dit-il. Tiens, d'ailleurs on l'aperçoit… On l'a suivi une année. Tu te souviens ?

Je me souvenais et étais heureux qu'il en soit de même pour lui.

– Un de ces jours, on y retournera, décréta-t-il. Tu te rends compte la vue qu'il doit y avoir, de là-haut, depuis qu'ils ont tout coupé ?

Savait-il le plaisir qu'il me faisait en décidant déjà de nos prochaines expéditions ?

– OK, on ira, confirmai-je. Mais tiens, pour l'instant, si tu me sortais les clefs de la maison. Elles sont devant toi, dans le vide-poches. Tu nous ferais gagner du temps.

Il plongea, fouilla, sortit tout ce que contenait le vide-poches, mais pas de clefs.

– Elles n'y sont pas. Tu les auras encore semées je ne sais où !

23

Cette fois, je me souvenais parfaitement. J'en étais certain. J'étais parti très tôt. Gilles m'avait demandé de venir l'aider à préparer notre soirée chez lui, dans son pavillon de banlieue.

J'avais profité de l'occasion pour prendre rendez-vous dans le quartier de la République avec un possible employeur. « Vous viendrez me voir quand vous monterez à Paris », m'avait-il dit au terme d'une conversation téléphonique que nous avions eue, à quelques jours de là. Ma candidature avait eu l'air de retenir son attention.

En même temps, retourner vivre à Paris…

Malgré l'évidente nécessité dans laquelle je n'allais pas tarder à me trouver de pallier l'assèchement de mon compte en banque, je n'arrivais évidemment pas à me résoudre à une telle éventualité ! Mais pourquoi ne pas le voir puisque nous avions eu un bon contact ?

Je tenais en tout cas à être à l'heure au rendez-vous qu'il m'avait fixé. Et je me méfiais comme de la peste des entrées de Paris aux heures où j'allais les pratiquer. J'étais allé mettre mon bagage dans le coffre de ma voiture ;

j'étais revenu m'assurer que je n'avais rien oublié ; j'avais soigneusement fermé ma maison.

Mon chien, dans la cour, avait compris dès l'instant où il m'avait vu en tenue de ville. La chatte, sans illusion, était déjà partie. Lui, pas content, même s'il savait que mon voisin ne tarderait pas à venir le chercher, m'engueulait copieusement. Je m'en amusais en le taquinant. J'étais allé jusqu'à la grille pour lui glisser une dernière caresse sur les épaules. Il n'avait pas interrompu ses protestations pour autant ! J'en riais. Je me souvenais très bien que, revenant vers la voiture, j'avais ouvert la portière du passager et sorti ma carte de crédit de mon portefeuille. Je voulais éviter d'avoir à me contorsionner dans tous les sens aux gares de péage, comme il m'arrivait de devoir le faire à chaque voyage ou presque, pour le sortir de la poche de ma veste bien sûr coincée entre ma hanche et la ceinture de sécurité. Étonné moi-même de cette prévoyance qui ne me ressemblait guère, j'étais allé au bout de mes gestes et, plutôt que de garder sur moi mon trousseau de clefs, j'avais ouvert le vide-poches et l'y avais glissé.

– Allons, tu te trompes. Cherche bien. Il doit y être. Il ne s'est pas envolé…

– Oh ! m'interrompit sèchement Yvon. Tu vois comme tu es ! Tout de suite, c'est toi qui as raison… Tu n'as qu'à venir y voir.

Il renfourna brutalement dans le petit rangement de tableau de bord tout ce qu'il en avait sorti et le referma sèchement au moment où je déclenchai les aboiements frénétiques du chien en garant la voiture devant ma porte. Mais à quoi bon cet accueil enthousiaste, à quoi bon ce simple plaisir de rentrer chez soi si, justement, nous ne pouvions pas le faire ?

– Tu es sûr ? osai-je en me penchant au-dessus des genoux d'Yvon, vers le vide-poches.

Je prenais le risque de le vexer, mais, pour une fois que je me souvenais formellement du geste que j'avais eu pour les y mettre, comment pouvais-je douter de la présence de mes clefs ?

– Vas-y, cherche… Si t'es plus malin…, râla mon fils furieux en s'extirpant de la voiture.

Il claqua énergiquement sa portière et me laissa seul devant un nouveau dilemme. J'eus beau retourner le vide-poches comme il l'avait fait, le vider sur son siège, éparpiller tout son contenu ; il me fallut bien me rendre à l'évidence : il contenait beaucoup de choses mais pas l'ombre d'un trousseau de clefs… Sidéré et pas mal décontenancé, je quittai à mon tour la voiture.

Il faisait un temps superbe. La journée avait dû être chaude. La soirée était délicieuse. Ma maison me semblait plus enfouie que jamais dans la verdure. Côté rue, depuis que j'étais parti, la vigne vierge avait encore gagné. Elle avait étiré ses fines branches brunes aux petites feuilles d'un vert très tendre pratiquement jusqu'au pignon que je voulais la voir atteindre. Je me fis la réflexion que, maintenant, il allait falloir que je me batte pour qu'elle n'aille pas plus loin, qu'elle ne vienne pas empiéter sur le domaine de la glycine. Les lourdes grappes de fleurs avaient disparu depuis longtemps, mais, en cette fin d'été, l'arborescence de son feuillage était telle qu'on ne pouvait s'empêcher de redouter l'appétit glouton d'une plante en train d'avaler la maison elle-même !

Malgré mes soucis, je ne pus m'empêcher d'aller jusqu'à la grille derrière laquelle le chien menait une vraie sarabande. Je le caressai à travers les barreaux d'un geste indifférent. En fait, je venais voir l'état dans lequel se trouvait la pelouse… Celle-là, mes trop longues semaines d'absence, elle allait me les faire payer ! Avant que j'aie pu lui redonner l'aspect policé et bien net qui en faisait l'élégance, je pouvais m'attendre à passer quelques heures à pousser la tondeuse !

Quand je pourrai l'atteindre, bien sûr…

– Les voisins, ils les ont, les clefs ? s'impatienta Yvon sur le ton qu'il savait si bien prendre quand il s'agissait de m'enfoncer dans mes incompétences et incapacités diverses et variées.

Bien sûr qu'ils les avaient. C'est de bon usage, à la campagne, de s'échanger les clefs des maisons, en gage de confiance réciproque !

Mais aller leur avouer que j'avais égaré mon propre trousseau de clefs ? De quoi aurais-je l'air ?

– Tu vois une autre solution, toi ? m'assena Yvon.

Les mains au fond des poches, indifférent à la comédie du chien qui réclamait qu'on lui rendît les expressions de joie débordante avec lesquelles il nous avait accueillis devant la grille, il me tournait ostensiblement le dos. Il fallait bien admettre que la situation était parfaitement ridicule, et provoquée par mon incurie crasse. À tout hasard, pour entretenir l'illusion que j'agissais, j'allai plonger sous les sièges de la voiture, au cas où… Il n'attendit même pas que j'émerge de ma quête inutile.

– Bon, ben, on ne va pas attendre qu'elles nous tombent du ciel, ces clefs. Je vais les chercher, moi. Au besoin, je dirai que c'est de ma faute… Puisqu'il faut bien qu'il y en ait un qui se responsabilise…

Et d'autres qui n'en sont pas fichus… Je ne cite personne, mais suivez mon regard… Quand il voulait, il était odieux. Je lui aurais bien mis des claques. Sortant de dessous les sièges de ma voiture, je me contentai de m'adosser au mur du jardin, les mains au fond des poches et d'attendre. Au fond, que ce soit lui qui aille chercher les clefs chez les voisins, ce n'était pas une mauvaise idée… Ça me laissait le temps de prendre la vraie mesure de la trouvaille que je venais de faire. J'avais réussi à la glisser dans ma poche sans qu'il la voie.

– C'est ça. Va donc demander aux voisins qu'ils nous prêtent leur trousseau. Pendant ce temps-là, je descends les bagages.

– Eh bien, heureusement que je vous ai vus arriver !

Les mains encombrées des sacs râpés et dépareillés qui servaient de bagages à Yvon, je faillis justement buter dans notre voisin.

– Tenez, dit-il avant que j'aie eu le temps de revenir de ma surprise, voilà vos clefs. La dame les a glissées dans ma boîte aux lettres en partant hier matin. Elle y a ajouté un gentil petit mot d'au revoir dans lequel elle me demandait de vous les remettre, mais ça, je m'en doutais bien ! Et puis, elle a aussi laissé une lettre pour vous.

La dame ? Quelle dame ? Quelle dame pouvait bien disposer de mes clefs et les remettre à mon voisin en quittant ma maison ? Ma stupéfaction le figea sur place. Il eut l'air tout à coup très inquiet.

– Vous ne saviez pas ? On n'aurait peut-être pas dû… ?

Il me fallait d'abord reprendre mes esprits. Après tout, n'avais-je pas fait exactement la même chose, au même moment, chez elle ? Par quel mystère disposait-elle de mes clefs ? Tout se bousculait dans mon esprit et tourbillonnait avec une force étonnante. Yvon, ignorant mon trouble, eut la présence d'esprit de nous en sortir.

– Mais si, bien sûr. Vous avez bien fait. Mais elle est repartie ? C'est dommage. Papa aurait bien aimé la voir. Pas vrai, papa ?

Le brave homme découvrait Yvon.

– Tiens, tu es là, toi ! Dis donc, depuis la dernière fois, qu'est-ce que tu as grandi. On dirait un homme ! Même que tu es un homme ! Pas vrai ? Allez, installez-vous bien. S'il manque quelque chose, n'hésitez pas. Et puis, demain, vous viendrez prendre l'apéritif.

– Alors ? Tu l'ouvres, cette porte ?

Le voisin s'était éloigné. Yvon avait récupéré ses bagages et s'impatientait encore. Groggy, sonné, je lui tendis les clefs.

– Vas-y, ouvre.

C'était maintenant deux lettres que j'avais dans la poche ! Toutes les deux soigneusement cachetées et dont je ne pourrais découvrir la teneur que lorsque serait accompli le cérémonial de l'ouverture de la maison. Il allait falloir répondre à l'accueil délirant du chien, puis du chat sans décevoir personne. Ouvrir tous les volets, aérer, sortir tous les bagages de la voiture, répartir tout ça vers ses destinations diverses, fournir à Yvon qui les réclamait déjà draps et couvertures pour son lit.

– Eh, je les connais, les nuits du Morvan. Ça caille presque comme en hiver !

Et puis quoi encore ! Rien que pour gagner du temps, je ne relevai pas la provocation. Il s'en aperçut, voulut en savoir la raison.

– Oh, tu es malade ou quoi ? Il y a quelque chose qui ne va pas ?

Non, rien, bien sûr ! Rien que l'envie de me retrouver seul et de pouvoir simplement ouvrir deux enveloppes sans me faire sommer d'en révéler le contenu ! J'eus encore à prendre patience. Il fallut que le lit soit fait, le bagage ouvert et que lui vienne l'envie de s'enfermer quelques minutes avec ses petits secrets.

Je me précipitai sur les miens. Depuis des semaines que je cherchais à rétablir le contact avec Stéphanie Brovsky, j'ignorais que la piste, l'élément peut-être décisif se trouvait à côté de moi, sous le siège du passager de ma voiture où je ne sais quel courant d'air ou quelle maladresse l'avait fait glisser. Pas un instant, bien sûr, je n'eus l'idée que cette feuille de papier pliée en quatre, un peu froissée, cachetée par quelques petits bouts de bandes gommées, sans adresse ni nom de destinataire ni d'expéditeur, pouvait émaner de quelqu'un d'autre que de la jeune femme. Et je ne le découvrais qu'au moment même où on me remettait le deuxième message dont je ne doutais pas plus qu'il contienne le fin mot de cette affaire.

Dans mon émoi, il me fallut une lame de couteau que j'allai chercher à la cuisine pour oser ouvrir le premier pli. Je dus maîtriser un léger tremblement avant de parvenir à trancher les modestes papiers collants. Enfin, la feuille se déplia d'elle-même ou presque dans ma main. Elle était couverte d'une écriture large, visiblement griffonnée légèrement en biais au travers de la page.

Vite un tout petit mot avant que nous nous séparions… Tu sembles dormir très profondément, la tête sur tes bras eux-mêmes croisés sur le volant de ta voiture. Il est vrai que, ce petit somme réparateur, tu le mérites autant que tu en as besoin ! Je me presse tout de même, de peur que je ne sais quelle fantaisie te fasse émerger de ton sommeil. Ne t'inquiète pas pour moi. Je sais très bien me débrouiller seule et avec rien en main – si, tout de même, j'ai mon porte-monnaie et ma carte bleue... Ça peut dépanner ! Bon, j'aurais aimé récupérer mon sac, mais je n'ai pas su ouvrir le coffre de ta voiture. De peur de te réveiller, je n'ai pas insisté.

Merci pour les clefs de ta maison trouvées dans le vide-poches !

Bisous !

Tout devenait clair ! Sauf les raisons qui avaient pu la pousser à se séparer de moi. Curieux, cette fugue apparemment bien décidée. Contrairement à ce que j'avais craint, je ne l'avais pas du tout abandonnée sur ce parking d'autoroute. Peut-être même, avant de partir à l'aventure, s'était-elle payé le luxe de me surveiller jusqu'à ce que je me sois réveillé. Peut-être m'avait-elle regardé m'éloigner encore inconscient du lieu où je me trouvais ! Et je l'avais donc attendue durant tout ce temps pour rien ! Si ce bout de papier n'avait pas malencontreusement glissé hors de mon regard, il y a fort à parier qu'en en prenant connaissance, j'aurais pesté un peu, pas trop, me sentant un peu puni pour m'être laissé aller à un tel état d'éthylisme... Penaud, je serais allé jusqu'à la sortie suivante de l'autoroute et j'aurais repris la direction de Paris, puis du Morvan...

Je lui devais d'avoir été le prétexte aux retrouvailles avec mon pays. Ce godelureau d'Yvon préférait mépriser ce qu'il jugeait être d'un sentimentalisme facile... Eh bien, tant pis ! Ne lui en déplaise, j'en revendiquais pleinement l'émoi. Je remerciais le hasard, à moins que ce ne soit un coup de vent malin, ou même encore mon inattention qui avait fait glisser ce message sous mon siège.

Bien sûr, je n'aurais pas fait l'affront à Stéphanie Brovsky de maintenir que j'avais préféré la solitude dans laquelle elle m'avait abandonné aux doux moments que nous aurions partagés si cette étonnante idée ne lui était pas passée par la tête ! Cette expérience avait été simplement différente, originale, pleine d'enseignements. Je lui aurais probablement opposé le regret de n'avoir dû de la vivre qu'à la perte des bonheurs et des plaisirs vers lesquels, dans ma conscience quelque peu éméchée, je croyais que nous roulions en quittant Paris. Mais là, dans ma maison, avec la deuxième enveloppe en main, je ne doutais pas un instant qu'ils n'avaient été que retardés. Il me suffisait de l'ouvrir pour que se renoue le fil de cette douce aventure !

Je m'y employai. La lettre était d'une présentation plus soignée. L'écriture, bien que toujours aussi ample, y gagnait en élégance et surtout en assurance. Curieusement, j'en fus presque impressionné. J'allai m'asseoir à ma table de travail et allumai ma lampe de bureau. Avant même que j'en aie lu le premier mot, il me sembla qu'elle était de nature à influer lourdement sur nos destins.

Alors que, quelques instants, j'en avais attendu de grandes joies, au moment de m'y plonger, elle m'angoissait et me nouait la gorge…

24

J'ai posé la lettre de Stéphanie Brovsky sur mon buvard. Je l'ai encore lissée du plat de la main. J'ai admiré quelques instants l'élégance de l'écriture et l'équilibre sobre de la présentation, puis je me suis décidé...

C'était bien, chez moi ? Le chat t'a-t-il fait bon accueil ? Le connaissant, je n'en doute pas. Mais tu rentres déçu... Déçu par tes souvenirs qui t'ont trahi. Les souvenirs trahissent toujours... Comment pouvait-il en être autrement ?

J'ai failli monter te rejoindre. Mais j'étais si bien, chez toi ! Et puis mieux valait, je crois, te laisser face à tes souvenirs et à leur trahison... Les seuls souvenirs qui ne trahissent pas sont ceux qu'on se garde bien de confronter à la réalité. Les souvenirs ne supportent pas la confrontation...

Et puis, après tout, être de là ou d'ailleurs n'a pas de sens. On a des souvenirs là plus qu'ailleurs ; on a envie de les retrouver, voilà tout. Quoi de plus humain ? Mais que sont les souvenirs confrontés à la réalité ? Le souvenir désincarne les choses et les êtres. Il les diabolise ou plus souvent les magnifie. Toujours, il pare la réalité de fausses qualités. La déception est grande, inévitable, destructrice, quand on prétend confronter les souvenirs à la réalité. Il ne faut jamais confronter les souvenirs à la réalité. Ils sont comme ces succulents poissons japonais dont la chair peut devenir un poison violent s'ils sont mal découpés.

La réalité est le poison des souvenirs. Elle est dangereuse. Rien ne compte que les souvenirs. Il faut bien veiller à les garder en l'état ou alors trouver un « quelque part » auquel on ne soit attaché que par eux...

Rien que les souvenirs... Surtout pas la réalité...

Du Morvan, je n'avais aucune réalité et aucun souvenir... J'y ai passé un bon moment. Un peu vide, un peu creux, un peu trop lisse... Parfois, j'ai regretté que tu ne sois pas là. J'ai mis la main sur le téléphone. Je me suis toujours retenue au dernier moment. Il fallait que toi, de ton côté, tu vives ton expérience jusqu'au bout. L'interrompre eût été fausser l'influence qu'elle aura nécessairement sur ce qu'il adviendra de nos rapports... S'il en advient quelque chose...

Ce séjour hors des souvenirs et hors de mes réalités aura au moins eu l'avantage de me pousser au bout de mon propre questionnement... Drôle d'expérience, commencée par un coup de tête sur un parking d'autoroute et dont je sais maintenant que je la continuerai jusqu'au bout...

J'ai replié la lettre et l'ai glissée dans son enveloppe. Le soir tombait. Je suis allé jusqu'à la porte-fenêtre et l'ai ouverte en grand. Le chien s'est précipité en continuant de manifester sa joie toute simple de me retrouver. La chatte le suivait, très digne, très distante. Pour elle, les choses rentraient dans l'ordre quand j'apparaissais au coin de la porte. Mais elle n'allait pas se ridiculiser à m'en remercier comme ce ballot de chien, alors que je les avais laissés tomber durant des semaines ! Elle passa vite devant moi, la queue dressée, toute droite, et fila s'assurer que j'avais bien rempli sa gamelle de croquettes !

– Chipie ! m'amusai-je.

Pendant qu'elle mangeait, j'allai lui glisser deux ou trois caresses tout au long de l'échine. Sans cesser son festin, elle sut m'en exprimer tout son bonheur. Allons, la brouille n'allait pas s'instaurer entre nous pour si peu !

Le chien, plus discret, se tenait assis au coin de la porte et faisait celui que n'intéressait pas notre face-à-face. Je passai à côté de lui et lui grattouillai le haut du crâne. Il n'en fallut pas plus pour qu'il tombe en extase ! Bon gros ballot !

Je traversai la terrasse et vins m'accouder à la rambarde. Mon jardin était un prodigieux fouillis ! Les rosiers remontants, les hémérocalles, les hortensias et quelques autres solides plantes permanentes ne s'en étaient pas laissé conter par l'invasion de l'herbe et des orties. Dans un véritable déluge végétal, leurs taches de couleurs étaient comme autant de refus de la submersion. Tout cela formait en fin de compte un ensemble d'une étonnante homogénéité, une sorte d'ode énergique à la nature la plus rude qui ne manquait pas de charme.

Je l'admirais sans avoir tout à fait la tête à l'apprécier ! « *Être de là ou d'ailleurs n'a pas de sens* », écrivait Stéphanie Brovsky. Et Yvon, dans la voiture, que disait-il déjà ? Je dus chercher un long moment avant de me souvenir. Ah oui : « *On n'est pas d'ici ou d'ailleurs. On vit quelque part et on s'y trouve plus ou moins bien, c'est tout.* »

Alors que m'était-il arrivé, dans le Nord ? N'avais-je été que le jouet de ma crédulité naturelle ? « *Que sont les souvenirs confrontés à la réalité ?* » assenait Stéphanie avec beaucoup de sûreté d'elle-même. J'avais aimé, moi, retrouver la réalité de mes souvenirs. Oh, bien sûr, elle n'était plus tout à fait la même ! Et j'eus, lorsque me vint cette idée, un sourire ému en pensant à Paulette et à la rondeur de ses formes ! N'avions-nous pas pour autant éprouvé un réel bonheur à nous retrouver ? De quelle importance avaient été, là-dedans, les effets des changements imposés par le temps ? « *La réalité est le poison des souvenirs* », en rajoutait encore Stéphanie, dont j'admirai au passage le sens de la formule. Je ne me laissai pourtant pas prendre par ses charmes. Il y avait évidemment peu de rapports entre le Blaquery de mon enfance et celui où je venais de passer quelques jours. Mais où était l'importance ? Encore heureux que les choses changent. Que ce serait monotone, un monde figé, fixé une fois pour toutes !

Pourquoi d'ailleurs Stéphanie m'avait-elle fui si ce n'était par crainte que se figent entre nous des rapports qu'elle ne se sentait certainement pas prête à vivre ? Elle m'en aurait fait l'aveu que je l'aurais, je crois, admis sans réticence. Mais cet étrange désir d'échapper aux réalités... « *Rien que les souvenirs... Surtout pas la réalité...* » Étonnant !

J'aurais voulu lui répondre. J'aurais aimé pouvoir m'installer à mon bureau et noircir des feuilles de mes réflexions... J'aurais aimé laisser ma pensée à l'état brut guider ma main, la reprendre, la relancer sur d'autres pistes, y renoncer, y revenir encore et toujours...

Je n'ai pas son talent d'écrivain. Je ne sais pas me confier ainsi au papier pour le seul plaisir de le faire. Il me faut m'adresser directement à quelqu'un. J'aurais tant aimé pouvoir en parler directement à Stéphanie... Mais où était-elle ? Chez elle, au pied de son terril ? Je n'y croyais pas. Une fois de plus elle m'échappait…

– On mange quoi ?

Rêve-t-on quand on a, avec soi, un grand dadais d'adolescent toujours affamé et plus encore lorsque, quittant son confinement parisien, il arrive à la campagne ? Il me fallut ranger tout cela aussi bien dans mon bureau que dans ma tête ! Remettre les pieds sur terre et accorder à Yvon toute l'attention qu'il méritait.

J'y trouvai un grand plaisir. Je me consacrai totalement à lui et me pliai à tous ses désirs. Nous montâmes d'immenses expéditions sur les chemins du Morvan. Il me fit ressortir ma vieille tente canadienne, faillit s'étrangler de rire devant ce qu'il jugea être une pièce de musée définitivement inutilisable… Il me contraignit à faire l'acquisition d'un abri deux fois plus spacieux et trois fois plus léger. Il en profita pour faire le tri de tout mon matériel et, sans se soucier de mes protestations, fit un tas de tout ce qui était bon à jeter et devait impérativement être remplacé ! Je crus que mes maigres finances n'y résisteraient pas. Il ne s'en préoccupa pas le moins du monde.

Nous eûmes pourtant des moments d'intense bonheur. Du moins ce fut ainsi que je les vécus alors que, pour lui, cela semblait aller totalement de soi. Il se montra gai, d'une humeur égale, manifestant sans retenue tout le plaisir qu'il ressentait à être là, dans la maison de son père qui, vaille que vaille, dans un souci bien puéril de ne pas perdre la face, faisait des efforts pour ne pas trop laisser paraître ses émotions !

Le soir, Yvon s'attardait rarement. Il préférait disparaître dans sa chambre avec à la main un livre pris dans ma bibliothèque. Il veillait parfois fort tard. Nous parlions le lendemain de ses découvertes. J'aimais ces échanges où je sentais s'affirmer ses goûts et ses certitudes.

Chaque soir, je me retrouvais seul avec l'obsession qui écartait tout le reste et m'imposait son questionnement. Où était-elle ? Pourquoi s'ingéniait-elle à me faire perdre sa trace à chaque fois qu'elle me laissait une preuve de son passage ? Que cherchait-elle à me démontrer ? Pourquoi, puisqu'elle ne voulait pas que nous nous retrouvions, tenait-elle autant à me faire partager ses points de vue ?

Je relisais sa lettre. « *Les seuls souvenirs qui ne trahissent pas,* écrivait-elle encore, *sont ceux qu'on se garde bien de confronter à la réalité.* » Devais-je appliquer cette formule à mon propre cas ? Quelle piètre opinion elle devait alors avoir de moi dont elle ne pouvait guère avoir d'autre souvenir que celui de mon ébriété... Rien de bien valorisant... Et elle tenait à en rester là ?

Un soir, n'y tenant plus, je décrochai le téléphone et composai son numéro. Je n'obtins bien sûr que son répondeur. Je lui laissai un message sans aucune illusion. Dans mon élan, j'osai appeler ses voisins. Je redoutais leur curiosité, mais, après tout, ils avaient fini par admettre mon séjour dans sa maison. D'ailleurs, pour que, après avoir marqué leur étonnement, ils soient devenus si souriants, il fallait qu'ils aient été rassurés... Et qui d'autre que Stéphanie avait pu le faire ? Ils risquaient cependant de s'étonner que cet ami à qui elle n'hésitait pas à prêter sa maison soit sans nouvelles d'elle. Je trouverais bien un prétexte, une explication à peu près plausible.

Ce fut la dame qui me répondit, celle à qui j'avais eu le moins à faire, mais dont j'avais souvent deviné le sourire aimable, derrière la vitre. Tout de suite je sentis son inquiétude. Loin de marquer sa surprise, elle parut soulagée de mon appel.

– Oh, monsieur, me dit-elle dès que je me fus situé, nous étions justement très inquiets. Nous n'avons plus aucune nouvelle de Stéphanie. Et vous ? Vous sauriez nous dire ce qu'elle est devenue ?

Elle n'était donc pas repassée par le Nord.

– Si, me dit-elle. Elle a dû passer. Peut-être est-elle arrivée un soir et repartie très tôt le lendemain matin. La malchance a voulu que nous ne la voyions pas. Mais le sac que vous aviez laissé sur la table et votre carte de visite avaient disparu. C'est à ces détails-là que nous avons compris qu'elle était passée.

– Et depuis, rien ?

– Rien, pas un mot, pas un signe de vie...

Que dire de plus ? Je tâchai de réconforter cette brave femme, mais n'avais guère les mots nécessaires. Je la saluai, la chargeai de tas de choses pour son mari, comme si nous étions de vieilles connaissances, et je raccrochai.

Cette fois, le doute n'était plus permis, Stéphanie avait choisi de disparaître... Pour quoi ? Pour aller où ? Pour échapper à quoi, à qui ? Assis sur mon lit, les coudes aux genoux, les mains jointes, avec, devant les yeux, bien moins le décor de ma chambre morvandelle que celui de sa petite maison au pied du terril, j'essayai de raisonner aussi clairement que je le pus en juxtaposant les éléments que j'avais en ma possession.

Stéphanie savait que j'avais séjourné chez elle. À l'évidence, avant même que je m'installe, persuadée que j'allais venir, elle avait prévenu ses voisins pour qu'ils ne s'inquiètent pas. Il pouvait être logique de penser que ces mêmes voisins l'avaient avertie de mon départ, motivant du même coup le sien. Mais pourquoi, depuis, avait-elle choisi de ne plus donner de nouvelles ? Pourquoi être passée ainsi en catimini chez elle, en évitant soigneusement de rencontrer ses voisins ?

Cette disparition était donc délibérée. À un tel choix, il fallait qu'il y ait une sérieuse raison. Je sentais que, si je ne la détenais pas, j'avais du moins en main les éléments qui, rassemblés, tels les morceaux d'un puzzle, pourraient me faire comprendre.

Une fois de plus, parce qu'elle était le seul élément concret qui me rattachât à elle, je repris sa lettre…

25

Du fond de la nuit ruisselait une fraîcheur à peine perceptible annonçant l'imminence des derniers beaux jours. Il me parut qu'elle donnait à mon corps comme à mes pensées une légèreté, une subtilité qui n'existent qu'en ces rares moments d'équilibre parfait entre trop grandes chaleurs et froids à venir. Fenêtres ouvertes sur l'ombre, je recevais ces flux discrets en même temps que les fragrances qu'ils portaient avec infiniment d'attention. Comme ces brises d'été qui dissolvent jusqu'aux plus infimes voiles de brume, il me semblait qu'ils chassaient de mon esprit ces doutes et ces incertitudes qui, la plupart du temps, altéraient la qualité de mes réflexions. J'avais conscience de me trouver dans un état de lucidité peu courant dont il fallait que je profite au plus vite.

Il y avait bien sûr une logique dans le comportement de Stéphanie. Elle ne pouvait pas ne pas m'apparaître. Entre ses mots, dans l'acharnement qu'elle mettait à vouloir dénoncer ce que recherchent avec bonheur les autres, il y avait une évidence. Il aurait fallu que je sois logique, pragmatique, cartésien ; que je raisonne comme un véritable enquêteur pour qu'elle m'apparût. Je n'étais rien de tout cela ! Mais j'avais en moi une formidable volonté d'aboutir et de profiter, pour ce faire, de ce que le moment me semblait avoir de rare.

Minuit était largement passé lorsque je vis s'éteindre, dans le feuillage du cerisier, en face de nos fenêtres, les reflets qu'y faisait naître la lumière de la lampe de chevet d'Yvon. Peut-être, avant de s'endormir, avait-il remarqué que la nuit restait troublée par l'éclairage de ma chambre. Quand je m'en fis la réflexion, bêtement, alors que le gamin dormait probablement déjà du sommeil du juste, je me levai et allai éteindre.

Je ne me couchai pas pour autant. Je repris ma place, au bord de mon lit, les coudes aux genoux, les mains jointes et le regard désormais perdu dans l'obscurité la plus totale. Plus rien ne venait perturber ma réflexion. Je suis ainsi fait qu'un rien peut me dissiper, me faire passer d'une idée à l'autre. Dans l'absolu de cette nuit sans lune, j'étais, cette fois, seul avec moi-même.

Et c'est dans cette solitude totale qu'il me parut que s'affichait devant moi une phrase encore de la lettre de Stéphanie. Ou du moins une portion de phrase. Le reste, ce qui la débutait, n'était que répétition : « *… trouver*, espérait-elle, *un "quelque part" auquel on ne soit attaché que par les souvenirs…* » Elle était venue le chercher chez moi. En me fourvoyant sur une fausse piste, dans le Nord, elle avait fort adroitement su se créer une occasion unique de se projeter quelque temps dans un monde où, jusque-là, elle n'avait pas laissé la moindre trace. Bien « *qu'un peu vide, un peu creux, un peu trop lisse* », elle y avait trouvé ce « *quelque part* », mais il ne pouvait être que temporaire.

Dès que s'était annoncé ce qui allait le rendre moins *vide*, moins *creux*, moins *lisse*; dès que s'était avancée vers son refuge cette *réalité* qu'elle redoutait tant, une nouvelle fois, elle avait fui. J'étais ce moins *vide*, moins *creux*, moins *lisse*, cette *réalité* par laquelle elle redoutait d'être déçue... Le charme s'était rompu. Je revenais et l'avais fait fuir. Mais, engagée comme elle l'était dans l'absolu de sa quête, elle n'avait plus le choix. Elle ne pouvait et ne voulait probablement plus renoncer. Sa négation de la réalité devait aller jusqu'au bout de sa logique, quitte à échapper aux souvenirs eux-mêmes.

Les deux livres d'elle que j'avais lus, *Mes années Nord*, et *Le Carrefour de l'Homme-mort*, étaient là, au coin de ma table de chevet, à portée de ma main. Dans l'obscurité, je m'en saisis. Mes doigts coururent sur leurs couvertures souples et glacées. À les toucher sans les voir, il me parut que je les débarrassais du superflu des intrigues et de ses commentaires. Seul restait l'essentiel, le fil conducteur, ce qui, au travers d'histoires totalement différentes l'une de l'autre, n'en assurait pas moins la continuité d'une réflexion et même d'une obsession. Les origines, bien sûr. Les *racines*, cette idée d'irréductible attachement auquel je n'avais jamais cru, et dont elle n'hésitait pas à abuser.

La Pologne ! Elle n'y avait jamais mis les pieds ; elle n'en parlait que très médiocrement la langue. Pourtant elle n'avait d'yeux que pour ces horizons lointains où, à toute force, elle voulait que soient ses racines. Malgré le coron, les terrils, ce Nord qui collait à la peau de ses romans, malgré sa famille, française pour l'avoir voulu avec la dernière des énergies... « *Rien que les souvenirs... Surtout pas la réalité...* » Et peu importait que, ces souvenirs-là, elle se les soit fabriqués elle-même et de toutes pièces. Peu importait qu'elle ait confondu *souvenirs* et *illusions*...

Je me suis levé et je suis venu m'accouder à l'appui de fenêtre. Cette imperceptible sensation de fraîcheur, dans la douceur encore moite de la nuit, avait quelque chose d'enivrant. Je m'en régalai.

Était-elle partie en Pologne pour de bon ? Je l'imaginai, au petit matin, après une nuit très brève chez elle, au pied du terril, enfournant quelques bagages à la va-vite dans sa voiture et se sauvant avant que ses voisins aient le temps de la voir et de lui poser d'embarrassantes questions. Je la voyais reprendre l'autoroute de Bruxelles, à la hauteur de Valenciennes, et filer à l'est...

Quoi ? Quinze cents kilomètres sans même les frontières qui, jadis, ponctuaient les distances. Quinze cents kilomètres d'une traite pour rompre avec les *réalités*... La fuite était tellement absurde, tellement gigantesque dans ses proportions physiques comme dans son utopie, qu'il fallait bien que je me pose la question de savoir si Stéphanie en était capable.

Mais qui était Stéphanie Brovsky ? Apprend-on à connaître une femme au travers de ses livres, du charme de son intérieur et de son jardin, d'une seule soirée passée avec elle et si bizarrement achevée, et, pour tout dire, du désir lancinant que m'inspirait son absence ? Je ne la connaissais pas, mais j'avais tellement rêvé d'elle que j'étais capable de lui attribuer toutes les extravagances, toutes les outrances. Et pourquoi pas s'évader jusqu'en Pologne pour le seul soulagement d'échapper à l'enfermement des souvenirs ? Ou du moins, de croire que ce soit là une chose possible...

Je suis allé me coucher. J'ai très mal dormi. Scandalisé de ne pas me voir paraître, malgré la hauteur que prenait le soleil dans le ciel du matin, Yvon fit un tel tintamarre, sous prétexte de préparer un petit-déjeuner dont il était très fier d'être allé chercher le pain et les croissants, qu'il fallut bien que je renonce à la somnolence rassurante dans laquelle je m'abritais.

À ma grande surprise, je compris vite que, dans mon sommeil agité, j'avais pris une grande décision. Si j'avais été seul face à moi-même chez moi, elle n'aurait probablement pas été si ferme et définitive. Mais Yvon était là. En toute ingénuité, il venait de faire de moi un homme capable de dépasser les seules velléités. Du moins je le crus ! En trempant ma tartine de pain beurrée dans mon café, sur la terrasse où il avait dressé une belle table avec nappe, serviettes, bouquet de fleurs et petite assiette à côté du bol, j'eus la surprise de ne plus me sentir ballotté entre mille résolutions plus vagues les unes que les autres.

Pour un peu, dans la nuit, j'aurais sauté en voiture, direction la Pologne ! Il me semblait maintenant évident que le contact était par trop coupé. J'étais bien, là, chez moi, avec mon fils. J'allais y rester, même quand Yvon s'éloignerait de moi. Et les souvenirs que je garderais des moments de bonheur qu'il me donnait ne seraient pas pour rien dans le bien-être que me procurerait la continuité paisible des jours dans ce cadre simple, mais que j'aimais.

Stéphanie ? Eh bien oui, Stéphanie… Dommage. Elle était partie trop loin… Où que ce soit, elle avait coupé les ponts. Le souvenir que je gardais d'elle s'était figé. Ce qui aurait pu en advenir s'était évaporé dans la brume qu'elle avait elle-même levée sur son destin. Peut-être, un jour, réapparaîtrait-elle… Je gardais, au plus profond de moi, cette petite porte d'espoir entrouverte. Mais je n'y croyais pas trop…

Je me sentais devenir sage !

26

J'aurais aussi bien pu tourner la page. D'ailleurs, le temps faisant son œuvre, j'étais bel et bien en train de la tourner.

L'hiver, cette année-là, fut précoce. Cela nous surprit d'autant plus que, depuis longtemps maintenant, on avait appris à se déshabituer de ces grands froids et de ces premières neiges qui avaient fait, jadis, la mauvaise réputation de la région.

– Un effet du réchauffement climatique..., disait-on sans trop y réfléchir et sans plus savoir si on le regrettait ou si on s'en réjouissait.

Jusque-là, l'automne n'avait pas été trop rigoureux. Il ne semblait pas vraiment pressé d'assurer son rôle de transition entre l'été et l'hiver. Il avait peu plu et beaucoup de futaies étaient encore couvertes de feuilles. Elles faisaient aux arbres d'étranges pelisses rousses.

La brutale morsure du gel, une nuit de novembre, figea toute l'humidité qu'un soleil à la générosité presque estivale avait levée la veille encore. Le changement fut radical. Nous nous émerveillâmes, derrière nos fenêtres bien closes, lorsque le soleil en se levant, éveilla mille reflets d'argent dans les frondaisons, au long des haies et sur les coteaux des prés les mieux orientés. La féerie ne dura guère. Dans l'après-midi, nous eûmes le temps de voir monter, d'au-delà des crêtes enforestées, la menace sans équivoque de lourdes nuées. Elles semblaient basculer sur les pointes acérées des sapins pour s'effondrer sur la vallée en sombres cataractes. Elles s'y remettaient en ordre d'attaque. Surpris, un peu hébétés, nous réalisions que nous en étions à attendre que nous balayât la première bourrasque de neige.

Elle nous atteignit alors que l'obscurité gagnait. Elle fut suivie de tant d'autres qu'au petit matin, lorsque, malgré le sommeil dont nous n'émergions qu'à grand-peine, nous eûmes la curiosité d'écarter le rideau, elle ensevelissait le paysage et le redessinait.

La voiture du courrier ne parvint jusqu'à ma maison qu'en début d'après-midi. En allant jusqu'à sa portière, j'épargnai à la factrice frigorifiée de devoir une fois de plus patauger dans la neige. J'étais surpris et un peu amusé par le désarroi total de gens pourtant censés y être habitués, que la précocité de ces frimas avait totalement pris de court. Nous échangeâmes les trois mots de rigueur. Elle reprit sa route laborieuse sans voir ma surprise. Peut-être, si elle regarda dans son rétroviseur, s'étonna-t-elle de me voir planté dans le froid, la neige jusqu'aux chevilles, à contempler, sidéré, l'un des plis qu'elle venait de me remettre !

Marie-Thérèse ! Quelle surprise ! Une jolie petite enveloppe au dos de laquelle elle avait soigneusement calligraphié son adresse d'expéditeur. Bêtement, insensible au froid, je restai là un bon moment à manipuler dans tous les sens cette étonnante petite enveloppe.

Pas question de l'ouvrir négligemment en la déchirant. Elle méritait le coupe-papier. Quelque chose me disait d'ailleurs que c'était le genre de message à conserver religieusement ! Sans la quitter des yeux, en rentrant chez moi, je pris le temps de me déchausser. J'enfilai mes pantoufles et allai jusqu'à mon bureau.

Soucieuse de la solitude dont elle craignait qu'elle soit mon triste sort au moment des fêtes, Marie-Thérèse m'invitait à venir passer Noël à Blaquery en sa compagnie ! C'était si gentil ! J'étais sincèrement sensible à l'intention, même si, bien sûr, je pouvais caresser des projets sensiblement plus drôles et plus réjouissants…

Pour cette seule raison, je fus bêtement sur le point de décliner son invitation. Puis je pensai au Nord, au plaisir qui avait été le mien de le retrouver, aux amis, à Georges. Peut-être un peu aussi à Paulette… Je ne répondis pas tout de suite. D'ailleurs, il y avait aussi Yvon. Où passerait-il Noël ? Jusque-là, il ne m'en avait rien dit. Dans le cas bien improbable où il aurait choisi de me rendre visite, la perspective d'un voyage dans le Nord risquait de ne pas être de nature à l'enchanter…

La première des choses à faire était de l'appeler. Je m'en acquittai le soir même. Une occasion comme une autre d'entendre sa voix ! Il avait bien sûr des tas de plans plus fantastiques les uns que les autres, mais rien de bien arrêté.

– Et toi ? me surprit-il.

– Euh… Moi, tu sais… Noël… Rien de bien précis. Si tu veux venir, on organisera quelque chose.

J'avais dit ça sans illusion. Je m'attendais à un refus tout net. À ma grande surprise, ce ne fut pas le cas.

– Bof… J'sais pas… Pourquoi pas ?

Sans trop y réfléchir, je me jetai à l'eau.

– Tiens, justement, il y a Marie-Thérèse qui m'invite. Tu sais qui c'est, Marie-Thérèse ? Tu te souviens ? Tu veux venir avec moi ? Tu ferais sa connaissance et puis tu découvrirais le Nord…

Il y eut un long blanc pendant lequel j'eus tout le temps de me reprocher mon imprudence. Bien sûr qu'il allait m'envoyer aux pelotes, qu'il allait se fiche de moi. Noël chez Marie-Thérèse ! Noël dans le Nord ! Pour un gamin de seize ans… C'était de l'inconscience pure et simple. J'en étais déjà à me flageller et à chercher les mots qui me permettraient peut-être de me récupérer quand il me sidéra.

– Tiens… C'est une idée ! Depuis le temps que tu m'en parles, de ta Marie-Thérèse et de ton Nord ! Euh… On n'y restera pas trop longtemps ?

J'éclatai de rire. C'était du Yvon tout craché, cette prudence juste après l'élan de sa sincérité !

– Non, ne t'inquiète pas. On ne va pas y rester cent sept ans. Et puis, il y a des gens sympas à rencontrer, des choses à faire…

Allez savoir comment ça fonctionne, un adolescent ! À six mois de là, la certitude de me faire envoyer paître sans ménagement m'aurait fait m'abstenir d'une telle proposition. Et là, l'affaire était entendue ! Dire à quel point j'étais heureux serait vain. Je confirmai aussitôt à Marie-Thérèse et me mis en quête de ce qui pourrait bien nous faire un séjour assez plaisant pour qu'Yvon ne s'ennuie pas.

Quoi qu'en pense Marie-Thérèse, s'il y en avait un qui pouvait m'être de bon conseil en la matière, c'était évidemment mon ami Georges Corsal. Je l'appelai aussitôt non sans me surprendre à ressentir la jouissance d'un petit plaisir facile en entrant à nouveau dans les arcanes subtils des relations locales. Lui ne manifesta aucune surprise à m'avoir au téléphone.

– C'est bien, dit-il. Tu y reprends goût, à ton pays. Tu vas y revenir. Ça nous fera bien plaisir.

C'était gentil, mais quand je lui annonçai que je serais accompagné par mon fils de seize ans, pour le coup il bondit.

– Alors ça, c'est chouette ! Ne t'inquiète pas, ton gamin, on va s'en occuper. Il s'en souviendra, de son Noël dans le Nord. Tu peux me croire ! Et il n'aura qu'une envie, ce sera d'y revenir !

Il allait au-devant de mes préoccupations et les dépassait même de quelques longueurs ! Je dus modérer son enthousiasme.

– T'inquiète, répéta-t-il. On ne va pas te le dévergonder, ton gamin, mais il ne risque pas de s'ennuyer. Tu peux déjà lui dire !

On en rit quelques instants. Il brocarda gentiment ce qu'il appelait mes scrupules de vieux père, puis, tout à coup, il parut se souvenir.

– Mais au fait, dis donc, Malézieux, il t'a appelé ?

Malézieux, m'appeler ? Et pourquoi donc ?

– Ce que j'en sais, moi ! Il m'a demandé ton téléphone il y a quelque temps en me disant qu'il avait un message à te transmettre. Il ne t'a rien dit ?

Non ! Il ne m'avait rien dit.

– Je n'ai pas eu tort de lui donner ton numéro, au moins ? s'inquiéta-t-il.

Non, bien sûr, il n'avait pas eu tort, mais cette commission pas faite m'intriguait. Je n'étais qu'à moitié étonné qu'il n'ait pas osé me joindre. Que me voulait-il? Qui avait bien pu le charger d'un message à mon intention?

Je me gardai bien de l'appeler. En fait, avant même d'avoir pris la route de Blaquery, j'entrais déjà dans le jeu des vieilles inimitiés locales que j'avais tant décrié lors de mon précédent séjour. Pour que, dans ce contexte, il ait demandé mes coordonnées téléphoniques à Georges, il fallait que ce soit important. Pour que, depuis, il n'ait pas jugé utile de passer aux actes, c'était qu'il n'y avait pas une telle urgence...

Selon les jours, je me ralliais à l'une ou l'autre de ces hypothèses, mais, quoi qu'il en soit, je me jurai bien d'aller aux nouvelles dès que nous serions à Blaquery.

Je pris Yvon au passage à Paris. Sa mère préféra ne rien dire, mais au regard lourd qu'elle fit peser sur moi pendant qu'il finissait de boucler son bagage, je compris que ce surprenant séjour dans le Nord, pour elle qui n'y avait jamais eu droit, l'intriguait au plus haut point. Que j'en aie eu l'idée et qu'Yvon ait accepté lui suggérait, quoi qu'elle fasse, des arrière-pensées et des connivences dont elle redoutait surtout d'être tenue à l'écart. Je me gardai bien de donner quelque explication que ce soit et je fis en sorte que nous repartions le plus rapidement possible.

Yvon fut longtemps silencieux. Il s'intéressa beaucoup à l'architecture du stade de France lorsque l'autoroute le contourna, puis il retomba dans le plus grand mutisme. Il semblait attacher la plus grande importance à ce qu'il voyait au travers de la vitre droite de la voiture. Accaparé par le flot important de la circulation, bien qu'étonné par son comportement, j'évitai d'intervenir. Ce ne fut qu'en arrivant sur Roissy que je trouvai un maigre prétexte à relancer la conversation.

– Regarde ! C'est ce qu'on appelle se poser sous notre nez !

Juste avant que nous atteignions le passage de l'autoroute sous les pistes, on put très brièvement voir l'énorme masse d'un gros-porteur défiler devant nous.

– Il doit venir de loin, se contenta de constater Yvon.

– Probable. Il est d'une compagnie américaine. Ça ne veut rien dire, mais il a bien sept heures de vol dans les ailes, peut-être plus.

– Tu as déjà pris un avion comme ça ? me demanda-t-il.

Oui, j'avais déjà pris un avion comme celui-là.

– Pour aller où ?

Au Québec, puis en Amérique du Sud. Il tourna vers moi un regard presque admiratif.

– T'as drôlement voyagé…

Bof… Pas tellement. J'aurais aimé beaucoup plus…

– Toi, insistai-je, tu voyageras probablement bien plus que je ne l'ai fait. Pour nous, c'était exceptionnel. Pour vous ce sera normal.

Il se trémoussa dans son siège comme il l'avait fait si souvent lorsqu'il était descendu avec moi en Morvan. Je lui jetai un coup d'œil. Il avait un air tellement narquois que je le vis venir.

– Comme d'aller dans le Nord en voiture pour Noël ! ajoutai-je avant qu'il ne le dise.

Il éclata de rire, mais reprit son sérieux presque aussitôt. Il avait quelque chose à me demander, mais se demandait comment le formuler. J'attendis.

– Pourquoi tu as voulu que je vienne avec toi ? finit-il par lâcher.

– Je n'ai pas voulu. Je t'ai proposé. Tu as accepté. Ce n'est pas la même chose.

Il en convint, mais resta assez grave pour que je comprenne qu'il n'en avait pas fini avec son questionnement.

– Mais pourquoi tu m'as proposé ? reprit-il enfin. Tu aurais pu y aller tout seul.

– Parce que tu sais bien que je suis incapable de choisir. Si je ne t'avais pas proposé, c'était Noël sans toi, ou bien Noël avec toi, mais sans mes amis du Nord… Du coup, j'ai les deux pour le même prix ! Ce n'est pas chouette, ça ?

Il sourit à l'ironie de ma réponse, mais ne s'y arrêta pas. Recroquevillé sur son siège, il regardait droit devant lui, loin à l'horizon monotone de la Picardie que nous traversions.

– Qui c'est que tu vas me faire rencontrer, là-haut ?

J'eus de la main un geste vague.

– Des tas de gens ! Enfin, je ne t'emmène pas chez Marie-Thérèse exprès pour te présenter à mes amis. Ce ne serait pas drôle ! Tu verras, ils sont tous très sympathiques ! Il y en a même qui sont de joyeux lurons. Peut-être d'ailleurs ont-ils des enfants de ton âge. Tu pourras lier connaissance.

Ça m'était venu comme ça à l'esprit. Je pensai aussitôt au fils de Paulette, le grand connaisseur en Internet.

– Tiens, justement, je me souviens d'un… Je ne connais même pas son nom. C'est le fils d'une amie. Je l'ai rencontré un jour chez elle…

Enfin, il semblait commencer à s'y retrouver dans mes propos !

– Une amie ! dit-il sur un ton entendu. Elle est sympa ? C'est à elle que tu veux me présenter ? Si tu allais chez elle…

Je dus me cramponner à mon volant ! Grand naïf que j'étais, je ne l'avais pas vu venir !

– Oh ! Qu'est-ce que tu vas chercher ? m'exclamai-je. Et puis d'abord, qui c'est qui t'a mis des idées pareilles dans la tête ? Ta mère, bien sûr ! C'est elle ? C'est pour ça qu'elle ne m'a rien dit. La voilà persuadée que je m'en vais me remarier dans le Nord ! C'est ça ? C'est bien ça, hein ?

Une fois de plus, je me détournai de la route pour le dévisager. Il rigolait en silence. Littéralement tapi au fond du siège, il posait sur moi un regard hilare.

– Pourquoi tu ne veux pas l'avouer ? dit-il enfin.

C'était le comble ! Bientôt, ce garnement allait m'accuser de mensonge par omission !

– Attends, insistai-je. Tu ne m'as pas répondu. C'est ta mère qui t'a mis des idées pareilles dans la tête ?

– Qu'est-ce que ça peut faire ? avoua-t-il. Mais, moi, je veux savoir avant…

J'eus toutes les peines du monde à lui faire admettre qu'il n'y avait rien à savoir, ni avant ni après ! Et durant tout le temps que durèrent ces explications, une petite voix au fond de moi s'obstinait à me demander si je n'étais pas tout de même un peu à la recherche de quelqu'un…

27

À la conquête de l'autre, lequel des deux fut le plus adroit ? Je crois sincèrement que ce fut Marie-Thérèse qui sut à merveille, dès le premier instant, se mettre à la portée de ce grand timide persuadé que ses boutons, les vrais et ceux qu'il s'inventait, allaient le ridiculiser. Elle eut le sourire qu'il fallait pour l'atteindre avant que se referme la coquille de ses préjugés. Elle eut tout de suite droit à l'opinion favorable et put, du même coup, se montrer charmée par l'amabilité et la gentillesse bien réelles de mon fils. J'étais pourtant bien placé pour savoir à quel point une première impression défavorable pouvait le rendre irrémédiablement mal embouché et même odieux.

Mais je me retrouvai curieusement très seul chez cette brave Marie-Thérèse dont je m'étais plaint, à quelques mois de là, qu'elle ne me laissât pas le moindre instant de liberté ! C'était au tour d'Yvon. Je n'étais plus intéressant ! Loin de moi l'idée de le regretter ! Je fus tout de même un peu inquiet pour mon fils. Je redoutai quelque temps qu'elle le couvât tant qu'il finisse par se rebeller, mais il me mit lui-même très vite à l'aise. Déjouant le pessimisme de tous mes pronostiques, cet animal avait réussi à prendre un tel ascendant sur cette vieille dame qui aurait pu être sa grand-mère qu'elle se rendait à toutes ses raisons et qu'il n'en faisait strictement qu'à sa tête !

Un peu oublié par Marie-Thérèse et pas encore rejoint par mon fils, je m'éclipsai sans peine et me dirigeai d'un pas décidé vers chez les Malézieux. Ce fut Antoine qui vint m'ouvrir. À la surprise qu'il marqua s'ajouta quelque chose qui me parut bien être un mélange d'ennui et de gêne.

– Oh ben, ça alors ! Luc… Pour une surprise…

Je me fis le plus souriant et le plus aimable que je le pus.

– Eh oui ! Me voilà revenu à Blaquery, avec mon fils, pour Noël.

– Avec ton fils ! C'est bien, ça. Il a quel âge ?

Je le lui dis. Il n'eut pas l'air d'y trouver grand intérêt.

– Comme ça, il va faire connaissance. C'est bien, répéta-t-il.

Il ne semblait pas pressé de se souvenir du message qu'il avait à me transmettre. Je ne tournai pas autour du pot.

– Georges Corsal m'a dit que tu voulais m'appeler…

Son œil se noircit encore. Ne pas l'avoir fait ne devait pas lui donner trop bonne conscience.

– Ah, oui… C'est vrai, cette histoire-là… Je lui ai demandé ton numéro. Et puis après… C'est vrai que ça fait un bout de temps maintenant…

Peu m'importait qu'il trouve toutes les raisons du monde pour se justifier. Je n'avais pas envie de continuer longtemps à faire le pied de grue devant sa porte. Comme il y avait bien peu de chances pour qu'une réelle conversation s'établisse entre nous, je voulais qu'il me dise ce qu'il avait à me dire et qu'on en reste là.

– Un message à me transmettre, à ce que m'a dit Georges ?

Il parut se réveiller.

– Oh, oui. Rien de bien grave. Tu sais que je suis président de la société colombophile de Blaquery. Il y a quelques mois, à une réunion régionale, il y a un gars qui m'a abordé et qui m'a parlé de toi. Il m'a dit que vous vous étiez rencontrés au sommet d'un terril !

L'idée avait dû lui paraître totalement saugrenue. Il en riait encore. Il n'avait évidemment pas besoin de m'en dire plus pour que je situe exactement son interlocuteur et que s'éveille ma curiosité. J'interrompis sèchement sa quinte de rire.

– Oui, c'est vrai. Je vois très bien de qui il s'agit. Pourquoi ? C'est lui qui voulait mes coordonnées ?

– Non, pas particulièrement. Du moins, il ne me les a pas demandées. Il savait que tu étais originaire de Blaquery, mais que tu n'y vivais pas. Il m'a juste demandé de te transmettre un message.

Il dut sentir que je m'impatientais.

– Oh, rien de bien urgent, à ce qu'il m'a dit. Simplement, il est retourné en Pologne comme ça lui arrive de temps en temps. Il a renoué avec sa famille là-bas. Ça se fait beaucoup, maintenant, ce genre de chose. Il y est allé, il y a quelques mois et, apparemment, il en a rapporté des informations qui peuvent t'intéresser. En revanche, il ne m'a pas dit quoi. Il n'avait pas l'air d'avoir trop envie de se confier…

Il n'en avait évidemment pas besoin. Il avait dû surtout sentir l'âpreté de la curiosité d'Antoine Malézieux. Il s'était bien gardé de trop en dire, sachant parfaitement qu'il était inutile de me donner plus de détails pour que je comprenne de quoi il s'agissait.

Je le remerciai, préférant oublier le peu d'empressement qu'il avait mis à s'acquitter d'une mission pourtant bien simple, et je filai. Il resta figé sur le pas de sa porte, me regardant m'éloigner en se demandant ce qu'il devait penser de toute cette affaire. Pour lui, après que j'eus débarqué chez lui comme si de rien n'était, à quelques mois de là, et que je me fus réfugié dans le camp de Marie-Thérèse, il devait trouver tout à fait extraordinaire que j'ose encore venir frapper à sa porte et que je reparte ensuite sans autre explication.

Je m'en souciais peu. La seule chose qui comptait était que des nouvelles de Stéphanie m'étaient promises... Rien ni personne n'aurait pu me convaincre de l'inverse alors que rien ni personne ne me disait qu'il s'agissait bien de cela ! Le soir même, sous l'œil inquisiteur de Marie-Thérèse, j'annonçai à Yvon une expédition au pays minier. Il ne parut pas particulièrement enthousiasmé.

– Viens, lui dis-je. On va aller faire un tour dans le village.

Il se tourna vers Marie-Thérèse comme s'il cherchait son assentiment. Je sus que j'avais déjà perdu une grande part de mon influence sur mon fils ! Fine mouche, elle se garda de profiter de son avantage.

– Va donc, dit-elle. Ton père a raison. Méfie-toi de ses relations, mais, ceci mis à part, il le connaît bien, son pays. Il pourra t'en faire profiter.

Bien qu'elle eût parlé le regard planté dans le mien, je

préférai me contenter de lui rendre son large sourire et de ne pas relever.

Dans la rue, il faisait froid ; ces froids lourds, épais, humides qui sont à mettre au premier rang des multiples raisons qui poussent les gens du Nord à préférer rester chez eux et recevoir dans le douillet confort de leur maison.

Georges pourtant, averti d'un coup de téléphone portable, nous attendait au bar du café-tabac du pays. Il n'eut d'yeux que pour Yvon et, une fois de plus, je vis mon fils opérer avec une telle aisance et une telle sûreté de lui que, si je n'avais pas veillé à y mettre bon ordre, je n'aurais plus eu qu'à rentrer seul chez Marie-Thérèse.

– Ton fils, affirmait déjà Georges, il sera vite plus à l'aise ici que toi. C'est un vrai gars du Nord que tu nous amènes là ! C'est marrant comme ça saute les générations, ces trucs-là !

La réflexion eut tout de même le don de faire froncer les sourcils à mon héritier ! Lui qui refusait catégoriquement l'idée d'être de quelque part ! Georges, lui, n'y avait rien vu ou faisait celui qui ne voulait pas voir.

– Et alors, tu es allé voir Malézieux ? me demanda-t-il presque aussitôt comme si c'était pour lui de la dernière importance.

J'hésitai. Devais-je tout raconter ? Il m'était difficile d'en lâcher un bout sans qu'on me tirât peu à peu les vers du nez à coup de petites questions insidieuses… Je tentai d'être le plus laconique possible.

– Oui. Je suis allé le voir. Il avait bien un message pour moi qu'il s'est gardé de me transmettre, mais ce n'était pas important…

Georges n'en était pas du tout convaincu et Yvon,

alerté par le ton de fausse désinvolture de nos propos était déjà aux aguets ! Je me sentais au centre du monde, mais n'y trouvais aucun plaisir !

– Qu'est-ce qu'il m'a raconté ? dit Georges. Un Polonais que tu aurais rencontré au sommet d'un terril ?

L'animal ! Il en savait évidemment bien plus qu'il voulait en dire. Seulement Yvon, cette fois, était comme un ratier sur la piste d'une sauvagine ! J'avais l'air malin. Il me fallait au plus vite lâcher du lest.

– C'est pourtant vrai, admis-je. Ce gars-là, je l'ai rencontré une seule fois, au sommet d'un terril. J'étais monté pour me promener, pour voir comment c'était. Vous ne devinerez jamais ce qu'il y faisait, lui…

Je les laissai mijoter un peu, histoire de détourner leur attention, et leur expliquai le coup des pigeons. Yvon fut sidéré et passionné. Georges parut plus blasé…

– Des coulons, mon pauvre gars, j'en ai pris une telle indigestion quand j'étais gamin que, maintenant, tu ne me feras plus approcher un seul de ces satanés bestiaux ! Mon père était coulonneux. Tu parles d'une corvée !

Des considérations dont Yvon se moquait. Il fallut lui expliquer. Il s'enthousiasma, s'extasia.

– Des choses comme ça, ça existe encore ?

Fallait-il qu'ils soient désabusés, tous ces gamins, pour s'imaginer que le monde que nous allons leur laisser n'est plus capable de porter de telles choses…

– C'est ça que tu veux m'emmener voir ?

Sans chercher les nuances, je confirmai. Il fut tout à coup beaucoup plus intéressé que chez Marie-Thérèse. Georges, à mes côtés, continuait de grogner.

– Pour voir des coulons… Tu penses ! Comme s'il était besoin d'aller jusque dans les mines… Comme s'il n'y en avait pas ici… Tiens, justement, le pigeonnier de Malézieux, c'est un des plus beaux. Ton ancien mineur, là-haut, je vois le genre… Une cahute au fond du jardin… Ça doit être chouette, oui !

Quand il voulait, il parvenait à être d'une mauvaise foi parfaitement étourdissante.

– C'est vrai que c'est une cahute au fond du jardin, confirmai-je. Mais justement, c'est pour ça, et pour la façon qu'il a de la présenter, sa cahute… Tu nous accompagnes ?

À ma plus grande surprise, son œil s'alluma. Il se fit un peu tirer l'oreille, pour le respect de la forme, mais, assez rapidement, le principe se fit jour d'un voyage en commun dans l'ancien pays minier. J'en étais aussi étonné que ravi et, du coup, j'avais totalement oublié les questions restées en suspens.

– Mais au fait, qu'est-ce que tu foutais dans ce pays pourri, à grimper en haut du dernier terril existant ?

– Tu le sais bien…, tentai-je une dernière fois de le désarmer.

Cet animal-là avait décidé de me faire parler…

– Pourquoi tu voudrais que je sache ? Tu aurais donc une copine, là-haut ?

Alors là… Si ce n'était pas mettre délibérément les pieds dans le plat… Yvon, hilare, bondissait comme un cabri pendant que Georges croyait malin de me dévisager par en dessous, juste sous mon nez !

– Eh bien oui, quoi. Tu n'en as pas, toi, des copines, un peu partout ? On te connaît, tu sais ! Et est-ce que je te demande, moi, où elles sont ? Bon, là, c'est une ex… Ça m'aura au moins valu de me faire des amis !

Il m'interrompit en me posant une main sur le genou.

– T'inquiète, dit-il. Je disais ça comme ça, pour causer… Mais c'est toi que ça regarde…

Nous nous levions pour sortir lorsqu'une soudaine idée parut lui traverser l'esprit.

– Tiens, au fait, j'oubliais. Y a la Paulette, ce n'est pas pour dire, mais elle aimerait bien te voir !

Il parvint à se pencher vers mon oreille comme si de rien n'était pour ajouter à voix basse, à mon usage exclusif :

– Et seul de préférence !

28

Nous n'étions là que depuis trois jours et Yvon connaissait tout le pays. Et surtout, il était connu de tout le pays. Il savait très bien à qui il devait dire bonjour et qui, pour des raisons dont il se souciait peu, était réputé pas fréquentable. Il ne s'embarrassait d'ailleurs guère de ces nuances, décidait lui-même s'il devait ou non les transgresser. J'étais totalement dépassé, mais ne cherchais pas à suivre. Je préférais observer et m'amuser au plus haut point ! Cet animal-là établissait sans le savoir et avec le plus grand naturel une sorte de continuité familiale qui aurait dû m'échoir, mais pour laquelle, à l'évidence, je n'avais pas le dixième de ses capacités !

Marie-Thérèse était bien sûr aux anges ! Trop accaparée par la préparation de son réveillon, elle n'observait cela qu'à distance. C'était bien suffisant pour qu'elle apprécie. Nous en parlions, le soir, avec autant d'étonnement que de ravissement.

– Tu vois, dis-je à Yvon, que ça a tout de même un sens d'être de quelque part.

Il me considéra un long moment en silence, puis hocha la tête gravement.

– Non, dit-il. Ce n'est pas être de quelque part. Je ne suis pas d'ici et ne le serai jamais…

– Tu es originaire d'ici, voulut préciser Marie-Thérèse.

Il haussa sèchement des épaules.

– Qu'est-ce que ça veut dire ? Bon, que papa soit né ici, que grand-père et grand-mère y aient vécu très longtemps, ça a permis aux gens de me situer plus facilement, je veux bien. Mais pour le reste ? Je suis d'ici, moi ? Penses-tu ! Je me sens bien, ici, et je m'entends bien avec les gens ; ça d'accord. Mais ça ne va pas plus loin. À quoi bon ?

J'étais bien sûr d'accord avec lui et il le savait. J'aimais pourtant que son opinion se charpente, se nuance et se personnalise. C'étaient ses points de vue qu'il exprimait maintenant. Il ne se contentait plus de répéter rageusement les refus qu'il avait entendu formuler par d'autres. Il forgeait ses opinions avec énergie au contact de la réalité. C'était pour cela que j'étais heureux qu'il m'ait accompagné.

Marie-Thérèse partageait moyennement mon point de vue. Ils n'étaient plus du même temps. Si Yvon était resté indifférent au pays de son père, s'il n'avait pas su trouver un réel plaisir à le découvrir, elle aurait beaucoup regretté, mais elle n'aurait probablement pas insisté. Il se coulait dans le moule avec un tel plaisir, qu'elle souffrait maintenant qu'il n'aille pas au bout de sa logique. Il avait découvert son pays. Selon elle, il lui fallait maintenant en revendiquer les origines et proclamer haut et fort que les autres étaient moins bien, puisque le sien était le meilleur !

Qu'Yvon se moque totalement d'un tel comportement la chagrinait. Elle ne pouvait pas comprendre qu'il puisse ne pas prolonger simplement les opinions et les façons de faire qui avaient encore court à mon époque. Nous, nous en avions souffert. Et ce n'était rien à côté de ce que nos parents avaient enduré. Alors, bien sûr, malgré ses admonestations, je contemplais avec ravissement l'aisance avec laquelle mon fils était en train d'assimiler tout ça en le débarrassant d'un geste de tout l'attirail de jalousie, de méfiance, de suspicion dont on avait cru l'encombrer pour toujours.

Pauvre Marie-Thérèse ! Comment lui expliquer à quel point cette attitude était d'un autre temps ? Il n'y avait pourtant pas plus sincère qu'elle. On s'était bien gardé depuis des décennies de faire évoluer les gens comme elle. Depuis que quelques technocrates effarouchés par la boue qui aurait pu maculer leurs souliers vernis et leurs bas de pantalons avaient décidé qu'il n'y avait plus d'avenir hors la ville… Il fallait en finir avec la ruralité. Et le meilleur moyen qu'on ait trouvé pour en arriver là avait été de retourner contre elle ces traditions et ces règles surannées auxquelles elle s'accrochait. Pendant que le reste du monde évoluait frénétiquement, on l'avait laissée s'enfermer et se disqualifier dans ce qu'elle s'obstinait à croire sa force. Évidemment, selon que l'on se trouvait au fin fond du Massif Central, dans le Morvan, en Beauce ou dans le Nord, les choses ne se présentaient pas de la même manière. Dans les pays les plus déshérités et les plus enclavés, on s'était contenté de laisser faire, pensant que le combat ne tarderait pas à cesser, faute de combattant.

Dans le Nord, on ne pouvait pas en conter si facilement à des gens chez qui toutes les invasions, toutes les guerres, jusqu'aux dernières, étaient passées. Ce n'était pas le déferlement des crises, des restructurations, des standardisations de toute sorte qui leur avait fait baisser les bras, mais les discours de renoncement qu'on leur tenait maintenant. Comme les autres, on avait réussi, avec plus de peine, voilà tout, à ce qu'ils n'aient plus d'autre ressource que de tourner en rond dans l'admiration devenue stérile de ce qu'ils ont bâti et qui se meurt de ne plus progresser… Comme aux autres, rien ne leur reste que la tradition et le souvenir… Ou du moins ce qu'ils croient être le souvenir…

« *Que sont les souvenirs confrontés à la réalité ?* » disait Stéphanie. Elle avait raison bien sûr, à sa mesure, dans son contexte. Ce qui n'empêchait pas mon fils d'être en train de dépasser tout cela de plusieurs longueurs et je n'en étais pas peu fier. Comment cette pauvre Marie-Thérèse pouvait-elle comprendre ? Ce n'était pas le seul fait qu'elle ait été d'une autre génération. C'était surtout qu'elle n'avait jamais quitté son pays et donc jamais pris le recul nécessaire pour découvrir ce qu'avait d'absurde, de stérile et de destructeur une vieille chamaillerie telle que celle qui s'obstinait entre notre famille et celle des Malézieux.

J'étais d'autant moins bien placé pour lui en faire le reproche que, dans mon comportement à l'égard d'Antoine Malézieux, j'étais tombé exactement dans le même travers. J'avais trouvé plus facile de me conformer aux habitudes, fussent-elles exécrables, que de prendre le temps d'aborder le problème et de le résoudre une fois pour toutes. Je m'étais en somme abandonné à la même facilité que tous mes aïeux et que tous ceux qui se trouvaient dans une situation similaire. Autant dire tout le monde ou presque ! Comment s'étonner, après cela, que bien peu de chose change et de la facilité avec laquelle l'ankylose s'est saisie de ces campagnes-là comme de bien d'autres ?

– Tu verras que ce seront nos enfants qui secoueront tout ça et s'en débarrasseront ! me dit Paulette.

Je n'avais eu aucun mal à faire en sorte que son fils, le passionné d'Internet, et Yvon se rencontrent. La chance avait voulu qu'ils sympathisent. Mon fils avait levé un sourcil sévère lorsqu'il avait compris que mes rapports avec la mère de son nouveau copain ne dataient pas d'hier. Mais il l'avait rabattu d'autant plus prestement qu'il lui était apparu que cela arrangeait bien ses affaires. Le grand gringalet taciturne avait une sœur qui me rappelait furieusement sa mère au même âge et plaisait manifestement à mon fils !

Pour ma part, je retrouvai Paulette avec bonheur. Nous savions l'un comme l'autre que nos chemins n'étaient pas faits pour se confondre. Au fond, il nous convenait bien qu'ils se rencontrent ainsi de temps à autre, avec tout le charme et la spontanéité d'une sorte de nouveauté à chaque fois rééditée.

Je n'étais que de passage. Nous n'avions pas le temps de nous lasser et la transgression ajoutait son piment à nos rapports. À chaque fois que nous parvenions à nous ménager un moment d'intimité, nous nous donnions beaucoup de plaisir sans la moindre arrière-pensée, sans nous encombrer de regrets ni de vains espoirs.

Un soir, rentrant seul de chez elle, et après que j'avais eu à répondre au salut chaleureux de trois ou quatre passants, je m'étais dit que notre relation était à l'image de celle que j'avais rétablie avec le Nord : décomplexée et au-delà des convenances… Je n'étais tout de même pas resté longtemps dans cette illusion. J'avais été sincèrement jusqu'à sourire de ma prétention. On me saluait dans la rue, mais ce n'était que pour la docilité avec laquelle j'avais accepté le respect des règles les plus anciennes...

Yvon, lui, ne s'embarrassait pas de telles contraintes ! Sa jeunesse et son ouverture sur ce monde toujours plus large, que les jeunes abordent sans paraître s'en étonner, le libéraient des règles strictes dans lesquelles nous avons été contenus. Ce n'était pas Marie-Thérèse qui avait perdu de son autorité naturelle. Elle continuait simplement à opérer sur moi parce que j'y avais été conditionné. Alors que le gamin, comme un poulain ignore superbement les bonnes manières, s'en fichait complètement ! Et comme le poulain auquel ses cabrioles et sa beauté valent tous les pardons, l'aisance de mon fils et son sourire lui valaient toutes les indulgences !

J'étais heureux qu'il soit venu avec moi. Parce que, au sortir de ses rudes années d'adolescence, nous nous retrouvions avec un plaisir évident, mais aussi parce que en sa compagnie, j'évaluais mieux les qualités et les écueils de mes retrouvailles avec mon pays. Alors qu'il finissait par admettre qu'un lien pouvait exister entre lui et le village où était né son père, je commençais, pour ma part, à comprendre « qu'être d'ici plutôt que d'ailleurs » pouvait avoir une signification dès lors qu'on n'y attachait pas plus d'importance que ça n'en avait.

Les chemins sur lesquels tout cela m'emmenait me rendaient chaque jour moins compréhensibles les termes de la lettre que m'avait laissée Stéphanie Brovsky. Je ne regrettai pourtant pas qu'elle ne soit pas là pour partager avec nous le charme et les découvertes de ce séjour. Nous nous connaissions si peu ! Il aurait fallu qu'on en parle avant, dans le confort douillet de sa maison ou de la mienne, dans le tête-à-tête de deux réfractaires !

Car, au fond, qu'étions-nous d'autre que des réfractaires, chacun à sa façon ! Mon fils se pliait, se coulait dans la rigueur des normes, mais n'en faisait pas moins ce que bon lui semblait. Moi, je pensais d'abord à ce que je voulais entreprendre et je m'énervais de tous les obstacles qui m'empêchaient de foncer droit au but. Mon fils était décidément plus malin que moi !

Stéphanie Brovsky était-elle une réfractaire ? N'était-elle pas plutôt une inconsolable nostalgique ? Mon ami le coulonneux du terril détenait-il la clef ?

Nous étions convenus que nous ne nous rendrions chez lui qu'entre Noël et nouvel an. Yvon était tellement occupé. Par un juste retour des choses, c'était à mon tour de trouver le temps long !

29

Il neigeait. Une neige épaisse, obstinée, dont les flocons serrés descendaient tout droit, comme au plus vite, vers le sol gelé sur lequel ils s'accumulaient rapidement.

Je tournai longtemps dans les rues vides du coron avant de trouver, parmi toutes ses semblables, la maison qu'habitait mon ami le coulonneux. Georges et Yvon, tassés dans les coussins de la voiture, semblaient frigorifiés à la seule idée de devoir en entrouvrir la portière. J'avais remarqué au passage, mais sans rien en dire, que la maison de Stéphanie était fermée. Je crus même voir un panneau blanc cloué sur sa porte. Un peu effaré, j'avais cru deviner... Elle devait être glacée et cela me fit de la peine. Je ne devais d'ailleurs pas être le seul dans ce cas.

– Tu es sûr de ton coup ? me demanda encore Georges lorsque je m'arrêtai enfin devant la porte du jardinet d'une des maisons de la ruelle en impasse que nous avions déjà longée trois fois avant que je me décide.

– C'est là ! affirmai-je plus pour m'en persuader qu'autre chose.

La maison était en tout point identique à ses voisines, sauf par la couleur bleu nuit de ses volets dont il me semblait me souvenir. Georges et Yvon battant déjà la semelle derrière moi, d'un geste d'autant plus résolu qu'il ne l'était pas, je sonnai… Une femme vint nous ouvrir.

– Euh… Je suis le monsieur…

Dans mon embarras, de la main gauche, sans y prendre garde, j'indiquai avec l'énergie du désespoir le sommet du terril que la chute de neige effaçait d'ailleurs totalement. Perplexe, elle me considéra un moment, eut un regard rapide vers la plaque minéralogique de ma voiture, suivit mon geste obstiné et sourit.

– Vous êtes l'ami de Stéphanie que mon mari a rencontré, l'été dernier, au sommet du terril ! Entrez donc. Il est là. Et il a des choses à vous dire.

Une revue largement ouverte sur les genoux, il était bien au chaud dans le seul fauteuil qu'on avait pu coincer entre le radiateur et la table de la minuscule salle à manger. En me voyant apparaître, à la remorque de sa femme, il éclata de rire en se levant. Nous n'eûmes pas le choix. Après les congratulations, nous nous installâmes autour de la table.

– Vous prendrez bien un café.

Je n'avais pas encore eu le temps de présenter Georges et Yvon. Déjà, sans que nous ayons donné notre avis, les soucoupes et les tasses arrivaient, en même temps que le sucrier dont dépassait la pince à trois dents, et surtout une immense tarte au sucre. Nous nous sommes récriés. C'était dans la règle du jeu.

– Pensez donc ! Elle était là à attendre ! Faut croire que la patronne, elle avait deviné que vous alliez venir !

La « patronne » était d'origine polonaise, comme lui, mais c'était à peine s'il leur restait quelques bribes d'accent. À moins que celui du Nord ne soit, dans ces anciennes régions de mines, qu'un compromis entre les parlers de tous ces peuples réunis là par le rude creuset de leur métier de seigneurs et de forçats…

À touiller tous les cinq notre tasse de café, à mordre à pleines dents dans les quartiers de tarte qu'on s'était vu attribuer sans qu'on nous ait demandé notre avis, les réserves, s'il en fut, avaient vite fondu.

– C'est donc vous qu'il a rencontré là-haut ! avait tout de suite attaqué son épouse, curieuse d'en savoir plus.

Il n'avait pas envie d'en venir si vite au fait.

– Vous avez choisi votre temps, pour venir !

– Eh ! C'est qu'on n'a pas vraiment choisi… On n'est que de passage. Mais maintenant, rouler quand il neige, ce n'est plus un problème…

Je lui avais donné le dérivatif qu'il attendait. Le sujet était inépuisable. Je participai sans trop d'ardeur à l'échange. Yvon, étonné, posait sur moi un regard interrogatif. On n'avait tout de même pas fait tout ce chemin, dans de telles conditions pour causer du temps, des qualités comparées des pneus de nos voitures et de celles du travail réalisé par les Ponts et Chaussées !

– Y a rien à dire, concluait péremptoirement Georges, maintenant, avec le matériel qu'ils ont et une bonne organisation, ils font du boulot. Faut pas croire, c'est pas toujours marrant…

– Et les pigeons ? Ils sont au repos, par un temps pareil ?

Là, c'était moi qui avais posé la question, façon comme une autre d'en revenir peu à peu à l'essentiel. Il m'en sut gré.

– Au nid les pigeons ! Ça roucoule tant et plus. Si

vous voulez, on ira les voir. Mais pas trop longtemps. Faudrait pas refroidir le pigeonnier.

En fait, il n'en avait pas trop envie. Après tout, on n'était pas là pour ça.

– Alors ? Il paraît que vous avez quelque chose à me dire ?

Je vis le regard de sa femme se mettre à pétiller en même temps qu'elle repoussait légèrement sa tasse et qu'elle s'accoudait franchement à la table. Ça l'intéressait, cette affaire-là ! Lui, au contraire, parut se rembrunir. Il se redressa et croisa les bras sur sa poitrine. Il semblait nous dominer.

– Ça fait longtemps, tout ça, remarqua-t-il. Je m'attendais à vous voir plus vite. J'avais pourtant pris soin d'écrire notre adresse et notre téléphone pour que le Malézieux, il vous transmette… Il vous a transmis ?

– Eh bien non, justement. Il a fallu qu'on vienne dans le Nord pour Noël. Sinon, on n'aurait jamais rien su…

Il se détendit. Nous n'étions pas en cause. Ça le rassurait.

– Eh ! C'est simple, ça date d'août dernier. C'est là qu'on est allés en Pologne.

Son regard s'était posé sur celui de sa femme et j'aimais la façon qu'elle avait de lui sourire.

– Maintenant, continua-t-il, on y va tous les deux ou trois ans. On a renoué avec toute la famille, là-bas. Ce n'est pas si loin que ça, en fin de compte. On irait en vacances sur la côte d'Azur, ça nous coûterait plus cher, alors… La distance, avant, elle était plus politique qu'autre chose. Aujourd'hui, y aller, ce n'est plus un problème. Il n'y a même plus de frontière !

Un moment, je redoutai qu'on en vînt à sortir les photos. Là, on en avait certainement pour un bon moment. Et je surveillais discrètement, derrière les rideaux, la neige qui continuait de tomber.

– Nos parents, reprit-il, avaient perdu presque tous les contacts. C'était juste s'ils se sentaient encore un peu polonais. Au fond, cet éloignement-là, c'est ce qui a aidé à leur assimilation, à notre assimilation. On est français, maintenant, il n'y a pas à en revenir. Mais, nous, on a la chance d'avoir retrouvé notre famille. Et ce n'est pas rien, faut pas croire…

Ce n'était certainement pas pour nous dire tout cela qu'il m'avait fait demander de venir. Mais il fallait que ce soit dit. Je le sentais bien. Je laissais faire sans même m'inquiéter des réactions possibles de Georges et surtout d'Yvon. Très droit contre le dossier de sa chaise, les bras croisés sur la poitrine, l'air grave, presque absent, il attendait lui aussi en se demandant bien où tout cela nous menait.

– On a passé là-haut deux semaines…, reprit mon ami le coulonneux en laissant naître dans son regard un sourire un peu extatique. Comment dire ?

Il prenait sa femme à témoin. Elle ne savait pas plus que lui trouver les mots pour traduire leur émotion.

– C'est que, là où on va, ça n'a rien de bien beau. C'est une grande plaine toute plate, avec des champs de betteraves et de patates à perte de vue, un petit-bois par-ci par-là, et puis c'est tout. Mais l'accueil ! Ils sont pauvres, ces gens-là. Ils n'ont rien. Ah, pour dire, là-haut, ce n'est pas encore la société de consommation… Vieux, il y a encore à faire… Mais ils reçoivent… Jamais, nous, ici, avec tout ce qu'on a, on serait capables de recevoir comme ça ! Et pourtant, tout différents qu'on est devenus, on se sent bien chez eux… Presque comme si c'était chez nous… C'est curieux, ça, tout de même ! Ce sont nos grands-parents qui sont partis quand ils étaient tout jeunes. Pour dire, ils n'étaient même pas encore mariés. Ils se sont connus en France. Ils n'y sont jamais retournés, nos parents n'y ont jamais mis les pieds, et nous, on arrive là avec nos sous et notre aisance et on se sent presque comme chez nous ! Ce n'est pas extraordinaire, ça ?

J'ai croisé très brièvement le regard d'Yvon. Le sourire que nous avons échangé valait à lui seul toute une conversation. Il était surtout la promesse de tout ce que nous avions déjà envie de nous dire !

– Vous reprendrez bien une tasse de café ? J'en ai du tout fait d'avance !

Il avait compris. Sa femme, en cassant délibérément le rythme de son propos, lui rappelait en douce que nous n'étions pas là pour entendre ses états d'âme. Pendant que nous attendions le café, il se pencha vers moi.

– Vous avez eu des nouvelles de Stéphanie Brovsky ?

La question pouvait difficilement venir de façon plus abrupte ! Je commençais à désespérer qu'on vienne à l'essentiel et pourtant il me prit de court.

– Stéphanie ? Euh… Non, rien… Quand je suis arrivé chez moi, en Morvan, elle venait de partir.

– Tu entends ? cria-t-il à sa femme.

Elle revenait de la cuisine avec à la main une grande cafetière fumante.

– Oui, dit-elle. C'est bizarre, mais, au fond, pas étonnant.

Il me considéra longuement pendant qu'elle servait le café.

– On l'a vue là-haut, dit-il enfin. Vous saviez qu'elle était repartie en Pologne ?

– Non, mais je m'en doutais un peu. Sinon, pourquoi elle aurait disparu comme ça ?

– Pourquoi elle ne l'a pas dit ? On n'est pas des sauvages, tout de même !

Je préférais dévier la conversation.

– Vous l'avez vue où ? Dans votre village ?

Il considérait gravement sa tasse de café tout en la touillant consciencieusement. Elle s'était rassise et me fixait avec, aux lèvres, un petit sourire vaguement désolé.

– Non, dit-il. Pour une histoire de papiers de nos grands-parents qu'on voulait régulariser, on est allés au consulat de France. C'est là qu'on l'a vue. Elle a dû s'y faire embaucher.

– C'était elle ? Vous êtes sûrs ?

Ils confirmèrent énergiquement l'un et l'autre.

– D'ailleurs, elle ne s'est pas cachée. Elle est venue nous dire bonjour, pas fière, comme toujours. Peut-être j'aurais dû lui demander… Je n'ai pas osé. Et puis, elle n'a pas insisté. Elle ne nous a pas laissés trop de temps. Un large sourire et hop ! Avec ses dossiers sous le bras, disparue dans les bureaux… Voilà. Voilà tout ce qu'on peut vous dire.

Elle n'avait pas l'air tout à fait d'accord.

– Attends… Et puis il y a la maison aussi…

Il eut tout à coup l'air atterré.

– Oui, la maison… Fermée comme ça… Et puis, à ce qu'on dit, il paraît qu'elle veut vendre… Vous vous rendez compte, vendre la maison de sa famille…

– Si vous saviez ce que ça nous a fait…, reprit-elle. Cette

maison, comme les autres... Gamins, on y a joué, avec les autres... Ses parents, ils faisaient partie du même coron que nous. Son père, il travaillait au même puits que le mien... Ça fait drôle tout de même... Sans une explication, sans un mot... Pourquoi ? Vous sauriez dire, vous ?

Non, évidemment, je ne savais pas. Ou du moins, ce que j'avais à avancer, je savais très bien qu'ils n'auraient pas voulu l'admettre. J'ai pensé à la lettre qu'elle m'avait laissée. Mais non, bien sûr, ils ne pouvaient pas comprendre. Venant d'elle, si elle avait pris la peine de leur expliquer, ils lui auraient accordé ce qu'ils auraient estimé être une incohérence de ses propos. Venant de moi, dont ils ne savaient pas ce que j'étais pour elle, tout cela n'aurait été qu'invraisemblances. Je préférais garder leur estime !

Je ne sais plus très bien le sens de la question que posa Georges. La conversation dévia. Je pus m'abandonner à ma réflexion. Yvon avait posé sur moi un regard dubitatif. Il avait compris l'envie que j'avais de me retirer au fond de moi-même. Nous avions échangé un bref sourire. Il s'était détourné et s'était chargé de me tenir à l'écart. Je lui en sus gré, mais le ronronnement de leurs conversations et les éclats de voix qui, par instants, en fusaient, m'empêchaient d'opérer en moi le grand vide que je sentais nécessaire. Je finis par me lever. Tout le monde se tut. On leva sur moi des regards étonnés, au bord de l'inquiétude. Je m'appliquai à en rire.

– Il fait chaud, chez vous ! Chez moi, c'est à peine si je chauffe. Pas vrai, Yvon ?

Il confirma en exagérant juste ce qu'il fallait.

– Ne vous dérangez pas. Je vais prendre l'air.

On trouva cela normal. Je pus m'éclipser.

La neige s'était arrêtée de tomber. Le ciel s'était même dégagé. Il ne faisait plus très froid, du moins à mon goût. J'étais habitué à bien pire ! Je longeai la maisonnette, franchis le portillon et tournai à droite. La ruelle, à quelques dizaines de mètres de là, butait sur le flanc enneigé du terril. Son énorme masse marbrée de blanc et de gris se découpait avec une étonnante netteté sur un ciel déjà gris de fin d'après-midi d'hiver.

Lentement, les mains au fond des poches, j'allai jusqu'au cul-de-sac, puis je revins en longeant l'autre trottoir, laissant mon trouble s'apaiser et monter à sa suite les inévitables constatations.

– Oh ! T'es pas encore gelé ?

Yvon battait la semelle au bord du trottoir à la porte de nos amis. Je revins vers lui.

– On s'inquiétait...

Au passage, je lui entourai les épaules d'un bras chaleureux.

– Viens, va. Tu vas attraper la mort, ici !

Surpris par mon geste, sans chercher à se dégager, il tourna vers moi un regard à la fois heureux et interrogateur.

– Ça va ?

Je le serrai contre mon épaule en riant.

– Bien sûr que ça va ! Pourquoi veux-tu...

Sans attendre que se libèrent les questions que je sentais affluer, je le poussai vers la chaleur moite et l'amitié toute simple qui régnaient autour de la table de nos hôtes. J'y repris ma place. Nous échangeâmes encore un sourire complice. Il se mêla de la conversation avec ardeur, comme pour tirer un rideau derrière lequel je pouvais continuer à me satisfaire d'être laissé en marge du groupe.

Marie-Thérèse aurait pincé les lèvres et m'aurait reproché mon mauvais caractère ! Mon fils comprenait. Affaire de générations. Le conflit cessait faute de combattant ! Le temps avait existé où il n'était pas d'identité individuelle sans participation à la prégnance des groupes tels que celui que nous formions, au coude à coude, autour de la table, devant la tarte au sucre et le café. C'était alors une question de survie. C'était de n'avoir jamais su s'en passer qui avait jeté Stéphanie loin de nous, dans une quête qui nous dépassait. Nous avions été quelques-uns de ma génération à nous rebeller et à clamer bien haut que le groupe au sens étroit du terme n'avait plus de raison d'être. Nous avions choqué. Pour la plupart d'entre nous, on nous avait éloignés avant que nous devenions des rebelles ! La question ne se posait même plus pour un jeune de l'âge d'Yvon qui pouvait adhérer avec d'autant moins d'états d'âme que nous lui avions acquis une réelle liberté.

J'aimais au plus haut point la façon qu'avait mon fils d'en user et de l'assumer.

30

J'avais promis à la mère d'Yvon qu'il passerait le réveillon de nouvel an avec elle. Il fallut qu'existât cet engagement pour que Marie-Thérèse consente à nous laisser filer. Il s'agissait d'ailleurs bien moins de moi que d'Yvon. Le gamin, d'ailleurs, avait lui aussi les larmes aux yeux lorsque, dans le vestibule de la maison de la vieille dame, il fallut en venir aux adieux. Il lui fit un dernier plaisir en lui promettant de revenir dès que possible. J'assurai que je jouerais volontiers le rôle de chauffeur. Elle se souvint que j'étais là, se jeta à mon cou et, avec une réelle émotion, me dit combien il lui semblait normal que le fils de « son grand » soit aussi charmant !

Je dus mettre fin aux effusions. Le jour n'était pas près de poindre, mais nous avions du chemin à faire. Sous un ciel si clair, si pur que l'envie venait de tendre la main vers les étoiles, il gelait à pierre fendre. Il nous fallut gratter longuement les vitres de la voiture que couvrait une épaisse et dure couche de givre. Puis l'habitacle se réchauffa assez pour que nous puissions rouler confortablement.

Je fis le détour de la route d'Arras et je pris l'autoroute

à Wancourt pour passer au plus près du carrefour de l'Homme-mort. Quand Yvon comprit les raisons de ce détour, il sortit brusquement de la somnolence à laquelle il s'était abandonné tout de suite après que nous eûmes dépassé les dernières maisons de Blaquery. En cette heure matinale et dans ce froid de loup, la circulation était presque inexistante. J'en profitai pour ralentir au maximum. Je serrai ma droite et empiétai sur la bande d'arrêt d'urgence.

– C'est là, lui dis-je en lui désignant du doigt les rubans blafards des petites routes qui se croisent dans le carrefour de l'Homme-mort.

En contrebas de l'autoroute, le cimetière nous était presque totalement caché par le talus et les glissières de sécurité. Il fallut qu'on l'atteigne pour qu'il vît la grande croix qui en domine l'entrée et qu'aux premières lueurs de l'aube, il comprît comment tout cela s'agençait.

– Arrête-toi ! s'exclama-t-il.

– Tu crois ?

– Si, si, arrête-toi. Je veux voir.

Il n'y avait évidemment pas de parking à cet endroit précis, mais il y avait peu de circulation et la bande d'arrêt d'urgence était assez large pour que je puisse faire une légère entorse à mes principes en simulant une panne quelconque... Je laissai les feux de détresse allumés et dus courir pour rattraper mon fils déjà au-dessus du petit carrefour. À l'instant précis où il s'arrêta, stupéfait, le long des glissières de sécurité, un énorme camion dans notre dos et un Thalys en face de nous, de l'autre côté du cimetière, nous enveloppèrent dans la brève tourmente de leurs tintamarres additionnés. Yvon était sidéré.

Insensible au froid qui nous mordait la peau, les mains au fond des poches, le dos légèrement voûté, il se tenait immobile contre la glissière de sécurité. Il détaillait l'étonnant paysage qu'un matin d'hiver froid et gris rendait plus poignant encore.

– J'aurais jamais cru..., marmonna-t-il. C'est dingue. Bien vu, le livre de ta copine. Les petits-enfants de tous ces types qui se sont foutus sur la tronche comme c'est pas permis pendant quatre ans, qui maintenant défilent là en train, en voiture ou en camion sans même se douter... C'est complètement dingue ! Comme s'il avait fallu la connerie de cette boucherie, de toutes celles qui ont précédé et de celle qui a suivi pour qu'on arrive un jour, tout de même, à faire péter les frontières ! Parce que c'est ça, non ? Tant qu'il y a eu des frontières, l'autre, celui qui était de l'autre côté, c'était un con, un dangereux. Il fallait lui rentrer dedans avant que ce soit lui qui te flingue... Quelle connerie, les frontières...

On gelait debout.

– Viens. On en parlera dans la voiture.

Il eut du mal à se détacher de l'étonnant tableau. J'étais déjà installé à mon volant à essayer de me réchauffer les doigts sur les bouches de chauffage, que, la main sur la poignée de sa portière, il n'avait pas encore détaché son regard du minuscule carrefour, en contrebas de l'autoroute.

– Monte ! lui criai-je. Il faut qu'on y aille.

Il s'y résolut et se laissa tomber sur son siège en se soufflant énergiquement sur les doigts

– Roule ! dit-il.

Longtemps, alors que défilaient les kilomètres, je me demandai à quoi il pensait. Était-il encore là-haut, à

Blaquery, au carrefour de l'Homme-mort, ou était-il déjà en train de tourner la page, l'esprit occupé de ce que seraient la fin de ses vacances et sa rentrée au lycée ? Parfaitement immobile, dans la position même où il s'était laissé aller en montant en voiture, il regardait droit devant lui, mais n'y voyait probablement que ses songes !

On approchait de Senlis lorsqu'il me fit presque sursauter en sortant tout à coup de son mutisme.

– Tu rentres dans le Morvan ?

Comme si ce n'était pas l'évidence ! Je confirmai.

– Tu reviendras dans le Nord ?

– Oui, bien sûr. Et je te préviendrai à l'avance. Tu viendras avec moi.

– Non, ce n'est pas ce que je voulais dire. Tu iras t'installer dans le Nord ?

L'idée m'en était tellement peu venue à l'esprit que sa question me sidéra.

– Pourquoi veux-tu que je remonte m'installer là-haut ? Je ne suis pas bien dans le Morvan ? Elle ne te plaît pas, ma maison ?

– Ce n'est pas ce que j'ai voulu dire… Je sais bien que tu l'aimes, ta maison. Moi aussi, je l'aime bien. Mais ce n'est pas chez toi. Jamais ce ne sera chez toi. C'est dans le Nord, chez toi…

Cette fois, il me laissait sans voix… Je me tournai vers lui. Il s'était légèrement redressé dans son siège. Nos regards se croisèrent. Il y avait dans le sien un sourire si lumineux que je crus qu'il se payait ma tête !

– Tu te fiches de moi !

Il eut l'air tellement surpris que ce fut à mon tour d'éclater de rire.

– Regarde ta route ! me décocha-t-il. Et pourquoi je me

ficherais de toi ? Ton Nord, tu l'as retrouvé. Pourquoi tu n'y retournerais pas ? C'est bien chez toi, non ?

– Attends, Yvon… C'est toi qui me parles comme ça ? « De nulle part… » « Pas plus d'ici que d'ailleurs… » Ce n'est pas toi qui maintenais ça, il n'y a pas si longtemps ?

Il fit celui qu'énervait ma lenteur d'esprit !

– Tout de suite… Ça n'a aucun rapport. Ce qui est intolérable, c'est de se laisser enfermer dans son appartenance à un coin plus qu'à un autre. On peut très bien être du Nord sans en être tributaire, sans mépriser le reste du monde.

Il y avait là une évolution fort intéressante ! Je me gardai bien de le lui faire remarquer.

– C'est ton cas ? tentai-je tout de même.

Il eut un bref hochement de tête dubitatif et s'autorisa un long silence méditatif.

– Peut-être, dit-il. Je ne sais pas…

Je ne pus m'empêcher de le taquiner.

– Du Nord, toi ? Tu as quoi de là-haut plus que d'ailleurs ? Vraiment pas grand-chose !

– Toi !

La réponse était venue instantanément et m'avait mouché !

– C'est gentil, dus-je admettre. Mais ce n'est pas suffisant. Surtout que moi-même, mes rapports avec le Nord…

– Mais qu'est-ce que tu crois ? Tu vois, comme tu es ! Tu ramènes tout à toi tout seul. Non, c'est toi avec Marie-Thérèse, avec Georges, avec tous les gens que tu m'as fait rencontrer, avec le pays, son décor, son ambiance, tout quoi… Seul, je n'y serais rien. C'est avec toi que je m'y suis senti si bien.

– Mais maintenant que tu le connais, tu n'as plus besoin de moi. Tu y es chez toi.

Sans remords, il en convint.

– Mais même si tu n'es pas là, ajouta-t-il tout de même, ce sera toi qui me l'auras fait découvrir. Ta place, ta marque y seront visibles. Et tu y manqueras.

– Alors, c'est ça être de quelque part ?

Il eut une moue dubitative. Nous approchions de Paris. Nous venions de passer Roissy et la circulation se faisait de plus en plus dense. Il parut se perdre dans la contemplation d'une des plus tristes approches de la capitale qui puisse se trouver. Il fallut que nous ayons atteint la porte de la Chapelle et que, dans les encombrements habituels du périphérique, nous approchions de Ménilmontant où sa mère et lui habitaient pour qu'il lui parût tout à coup urgent de me répondre.

– Peut-être, dit-il. Peut-être que c'est comme une infirmité que de n'avoir laissé aucune marque nulle part…

Je ne pus qu'admirer ! Entre une telle opinion et celles qui avaient projeté Stéphanie Brovsky si loin des sentiers au fil desquels je la recherchais, il y avait là de quoi nourrir la réflexion de plus d'une de mes soirées d'hiver ! Je ne pus évidemment rien lui en dire. À l'instant où nous commencions la quête inévitable, dans ce quartier, d'une hypothétique place de stationnement, je regrettai une nouvelle fois de ne pas lui avoir montré la lettre de la jeune femme, mais il était trop tard.

Ce serait pour un prochain voyage… si l'affaire nous occupait encore l'esprit…

31

Quand j'atteignis le Morvan, deux jours avant le réveillon de nouvel an, il neigeait encore. Cela faisait bien longtemps qu'on n'avait plus vu le vieux massif granitique se donner à ce point des allures de « bouclier » canadien !

Ce n'était évidemment pas pour me déplaire. Dans ma maison bien chaude, j'allais pouvoir cajoler à plaisir ma bulle de solitude. J'allais m'y calfeutrer et me laisser bercer par le rythme lent de sa dérive au fil du temps. Je ne gardais que de bons souvenirs de ces quelques rares 31 décembre où j'avais pu échapper à ce que j'estimais être le summum de l'embrigadement.

Bon, Noël, encore, à la rigueur… La tradition, la fête des enfants vaguement nimbée d'une récupération religieuse… J'avais toujours refusé d'être dupe pour moi-même, mais, pour ne pas paraître encore plus asocial que je ne l'étais, pour Yvon, j'avais accepté de jouer le jeu.

Mais le nouvel an… Quelle matière à fêtes et réjouissances pouvait-on raisonnablement trouver dans cet instant rigoureusement semblable à tous les autres et que rien ne signalait que quelques calculs de savants dépourvus de toute poésie ? Rien ne me semble plus dérisoire et dénué d'intérêt que les vœux qu'on émet par habitude pour l'occasion, identiques à eux-mêmes d'année en année et toujours aussi creux…

Me retrouver seul avec moi-même ce soir-là ne me gênait pas plus qu'en tout autre soir. Pour éviter toutes ces simagrées et ces hypocrisies, dès l'automne, je louvoyais entre tous les risques d'invitation ! C'était un véritable soulagement que de parvenir à gagner le grand large de ma tranquillité en évitant tous ces écueils ! Même Yvon, dans les dispositions d'esprit si favorables qui étaient les siennes en ce moment, aurait eu bien du mal à comprendre.

Je préférai ne pas en parler et me faire oublier. La neige, cette année, était ma complice. Ma maison, comme je m'y attendais, était littéralement lovée dans l'épaisseur de l'édredon blanc qui la couvrait. Le chasse-neige n'était passé qu'une ou deux fois. Comme il neigeait tous les soirs ou presque, cela ne laissait qu'un étroit passage inconfortable et glissant à souhait de part et d'autre duquel des talus blancs obstruaient tout.

Bien que la circulation fût quasi inexistante, je ne pouvais tout de même pas abandonner ma voiture devant ma porte ! Il me fallut trouver une pelle et en user longtemps pour pouvoir accéder à ma grille et l'embosser dans son abri. Quand je pus enfin refermer ma porte au nez de toutes ces rudes contingences au cœur desquelles je savais qu'on ne viendrait pas me chercher, il me parut enfin que ma maison m'accueillait.

Mon voisin était venu régler le chauffage. Il y faisait délicieusement doux. Ce ne fut pas ce qui m'empêcha d'aller craquer une allumette sous le papier et le petit-bois disposés à l'avance dans la cheminée. La chaleur d'une bonne flambée se mesure plus des yeux qu'au thermomètre ! Installés côte à côte sur le même tapis, le chien et le chat me surveillaient du coin de l'œil, pas totalement convaincus que je n'allais pas les abandonner une fois encore. Je m'en amusais tout en leur parlant, en les rassurant et en allant et venant d'un détail à l'autre de ma vie chez moi qui se remettait en marche.

J'avais pris le volumineux courrier qui m'attendait dans la boîte à lettres et l'avais posé sur le coin du guéridon, en face de la cheminée. J'allai chercher le coupe-papier sur le bureau et, une tasse de thé à la main, je vins m'installer sur le canapé. La chatte fut aussitôt sur mes genoux. Le temps de trois caresses et je m'attaquai à la première enveloppe.

J'avais bien remarqué dans la pile un beau petit paquet qui m'intriguait. C'était évidemment un livre. Il n'était pas besoin d'être grand clerc pour le deviner à sa seule forme. Mais qui pouvait bien m'envoyer un livre ? Et quel livre ? Tout en ouvrant les factures du téléphone ou d'EDF, les relevés de banque ou de la sécurité sociale, je me laissai aller au petit jeu des suppositions...

J'eus quelques instants l'attention détournée par une lettre, une vraie, à laquelle je ne m'attendais certes pas. Elle émanait du brave homme qui m'avait proposé de m'embaucher il y avait plus de six mois. Celui que j'étais allé rencontrer chez lui, dans le quartier de la République, à Paris, le matin même du jour où Gilles organisait sa fameuse soirée au cours de laquelle j'avais rencontré Stéphanie. L'homme était sympathique, le travail intéressant, mais tout cela se passait à Paris... Je n'avais pas donné suite. Il me relançait. C'était tout juste s'il ne me demandait pas comme une faveur de bien vouloir accepter de venir travailler avec lui ! J'en étais bien sûr flatté. Mes finances en étaient maintenant réduites à un tel état de cachexie que je n'aurais pas dû hésiter, mais, bien entendu, je n'étais toujours pas plus résolu à sacrifier ma vie en Morvan… Je triturai sa lettre quelques instants dans mes doigts embarrassés, puis je la posai sur la pile du courrier ouvert. Il faudrait bien se résoudre à une position claire et définitive, mais ce ne serait évidemment pas ce soir !

Comme par hasard, ma main piocha le joli petit paquet en forme de livre. Avant d'en déchirer l'enveloppe, je la retournai une ou deux fois. L'adresse portée sur une étiquette autocollante et le nom de l'expéditeur inconnu trahissaient l'envoi en nombre. Mais que me valait de me retrouver ainsi sur les listes de ce qui avait tout l'air d'être un service de presse ?

Le petit bouquin que j'extrayais de l'enveloppe n'en était pas encore totalement sorti que j'avais compris. Peut-être même me suffit-il de m'en saisir. La forme, la présentation, le contact de la couverture, rien n'avait changé. Il ne s'était pas foulé, l'éditeur ! Il avait, il est vrai, un filon qui marchait bien. Il aurait eu bien tort d'aller chercher ailleurs.

Le choc, pourtant, vint lorsque, retournant le livre, j'en découvris la couverture. Ce n'était évidemment pas le nom de l'auteur qui pouvait être de nature à me surprendre. Que Stéphanie Brovsky, malgré son éloignement, ait continué d'écrire, il n'y avait rien là, au fond, que de très normal. Peut-être aurais-je pu m'étonner que, de Varsovie, elle ait jugé opportun de confier son nouveau livre au même éditeur régional du nord de la France.

Je n'y ai pas pensé et n'en ai d'ailleurs pas eu le temps. Dès l'instant où il m'apparut, le titre ne pouvait que capter toute mon attention. Sur un fond tout en nuances de boiseries rousses, de tentures sombres et d'opulentes plantes vertes, en grosses lettres blanches, il s'imposait avec une telle force qu'il me coupa le souffle.

Ce décor, c'était la salle de séjour de la petite maison de Stéphanie, tel que je l'avais laissée, à quelques mois de là, sans même qu'on ait pris soin d'ôter le sac de voyage qui encombrait la table… D'ailleurs, c'était lui qui donnait à l'ouvrage ce titre qui me faisait l'effet d'un coup de poing en pleine poitrine : *Le Sac de voyage…*

Épilogue

Je n'ai osé ouvrir ce livre que le 31 décembre en début d'après-midi. Jusque-là, s'il m'a occupé l'esprit au point de ne me laisser aucun repos, je n'ai fait que le tripoter, le tourner en tous sens, le poser, puis le reprendre l'instant d'après. Je ne pouvais pas tolérer de ne pas l'avoir sous les yeux. De peur que s'échappe, que m'échappe l'histoire qu'il contenait.

Lorsqu'on sait que le danger existe, ce que l'on redoute le plus, c'est de le perdre de vue.

Quel jeu jouait-elle ? Que lui avait-il pris de jeter notre histoire en pâture au public sans même m'en avertir ? Je risquais fort, dans cette affaire, de ne pas avoir le beau rôle. Ou alors, il fallait qu'elle ait changé bien des choses. Pour tout dire, pour que je n'apparaisse pas dans son roman comme le dernier des mufles, il fallait qu'elle ait tout changé !

Et ce titre... Dans sa sécheresse, il était à lui seul la preuve que c'était bien notre aventure, telle qu'elle s'était déroulée et telle qu'elle n'avait pas été assez forte pour la dissuader de s'exiler. J'étais allé, dans toute cette affaire, de muflerie en maladresse et de maladresse en indifférence...

Et c'étaient toutes ces petites bassesses additionnées pour faire une grande antipathie, je n'en doutais pas, que contenaient ces pages. En somme, j'étais convaincu d'avoir devant moi mon acte d'accusation.

Et si Yvon avait été là... Je bénis le ciel qu'il n'en fût rien. Mais ce livre qui allait être dans toutes les vitrines... Marie-Thérèse qui allait l'acheter, Georges qui allait le lire, tous les habitants du coron, là-haut, au pied du terril... Mais surtout Yvon... Il saurait, bien sûr. Pourquoi m'avait-elle fait cela ? Était-ce si grave, ce qui s'était passé, ce soir-là, sur un parking d'autoroute sur lequel elle m'avait pourtant dit avoir délibérément choisi de me quitter ? Était-ce si grave qu'elle puisse en arguer pour détruire ma vie ?

J'étais un de ces héros de tragédie que la malédiction condamne à vivre nuit et jour dans la compagnie la plus étroite de l'instrument de leur perte. J'étais averti que l'aspic me piquerait à l'instant même où l'inattention me ferait me détourner.

Je dus me battre contre moi-même durant des heures pour me résoudre enfin à m'installer dans mon canapé, devant ma cheminée, à me saisir du petit livre posé sur le guéridon, en face de moi, et à l'ouvrir à la première page. Geste gourmand s'il en fut. En toute autre circonstance, j'en aurais fait une fête.

Dehors, il ne neigeait plus. Le ciel s'était dégagé. Il avait cette transparence livide des soirs d'hiver sous laquelle on sent l'effort que fait la terre pour ne pas craquer. Même le ruisseau, en contrebas de chez moi, avait laissé son chant discret s'ensevelir sous la carapace de glace qui le recouvrait. Le moment était venu. Je vins me caler agréablement entre mes coussins habituels et me saisis du nouveau livre de Stéphane Browsky..

Je pouvais maintenant en casser légèrement la reliure trop raide et m'abandonner au rythme des phrases. Il m'avait fallu tout ce temps pour parvenir à dépasser cette étrange terreur. Quoi qu'il en fût et quoi qu'il contienne, la curiosité avait fini par être la plus forte. Il me fallait maintenant aller au bout de ces pages, savoir précisément ce qu'elles contenaient.

Je retrouvai sans déplaisir le style sobre et efficace de la jeune femme. Je me laissai porter, comme s'il s'était agi d'une fiction, par la façon qu'elle avait d'amener l'histoire et de faire en sorte que le lecteur se persuade qu'elle n'était survenue à nul autre qu'à lui-même. Je finis par en oublier que j'en étais le plus piteux des protagonistes. Page après page, je m'abandonnai à la délicieuse envie de découvrir la suite.

Adroitement, Stéphanie Brovsky avait nimbé tout cela d'assez de poésie, elle avait pimenté son histoire d'assez de minuscules invraisemblances pour que je finisse moi-même par m'en amuser. J'étais pourtant bien placé pour savoir qu'elle ne devait rien au hasard. Elle évitait avec beaucoup de subtilité le piège que je redoutais de ma mise en accusation. Elle avait d'ailleurs fort bien contourné le problème en… m'oubliant !

Je l'avais abandonnée sur le parking ? Soit. C'était un fait sur lequel on n'allait pas s'éterniser. On passait tout de suite à autre chose et, en fin de compte, elle faisait de cet accident une sorte de joyeuse opportunité. Elle rebondissait littéralement sur cette situation inattendue et anormale pour s'ouvrir toutes grandes les portes de situations plus ou moins fumeuses. Elle n'aurait même pas pu les évoquer si, courtoisement mais dans un geste dépourvu du moindre intérêt, je m'étais contenté, sur le fameux parking, de lui tendre la portière ouverte.

On l'oubliait d'ailleurs très vite, ce parking, sur lequel il devenait parfaitement indifférent de savoir ce qui avait pu m'arriver ! On avait bien trop à faire à ne pas se laisser distancer par le tourbillon d'incertitudes, d'angoisses et de pis-aller dans la jungle desquels la narratrice tentait de retrouver le chemin de son bien-être. J'étais soulagé, en même temps qu'un peu déçu. Loin des yeux, loin du cœur... Dès lors que je m'étais esbigné, j'étais oublié. Tant pis pour moi. Telle était ma punition.

Tourmentée, Stéphanie Brovsky ! Ça, on le savait déjà. Mais elle atteignait là à une sorte d'apogée de ses angoisses existentielles... « *La réalité est le poison des souvenirs...* », m'avait-elle écrit. Je la retrouvais là qui se donnait tant de mal, tant de peine pour échapper à ces réalités, existantes ou supposées, qu'elle ne savait toujours pas affronter.

Tout le livre, d'ailleurs, était là, dans cette angoisse dont elle brûlait plus que jamais. Où était sa place ? En avait-elle vraiment une ? De quoi était-elle faite ? On aurait pu ne pas en finir de ces questions dont l'une, inévitablement, appelait l'autre... Il fallait tout le sens de l'écriture de la jeune femme et l'art délicat qu'elle avait de donner vie à tout cela pour faire passer la lourdeur lassante de ces obsessions...

Guéri des angoisses qui avaient fait craindre le pire à mon ego, je retrouvai sans vergogne ma morgue à l'égard de ce qu'elle écrivait. Il m'importait si peu de savoir si être d'ici, d'ailleurs ou de nulle part pouvait revêtir une quelconque importance... Déjà j'oubliais les leçons que mon fils m'avait données ! Je ne reprochais pas à Stéphanie de se complaire dans ce débat sans intérêt à mes yeux. Je le lui laissais simplement avec d'autant plus de facilité qu'elle parvenait assez bien à l'utiliser, la bougresse, pour animer fort agréablement son livre ! Maintenant, je redoutais de ne pas me sentir suffisamment concerné… Bref ! Lorsque je me relevai pour mettre une bûche sur la cheminée, j'en étais à me demander s'il valait la peine d'aller jusqu'au bout…

Il était à peine 17 heures, mais, dehors, il faisait déjà nuit noire. Je fermai volets et rideaux et repoussai l'ombre aussi loin que je le pus en allumant des lampes un peu partout. Je secouai la cheminée, lui octroyai une nouvelle bûche pour le seul plaisir de voir s'élever des flammes plus claires encore, plus hautes, plus chaudes. Je restai là un long moment, le tisonnier dans une main, le livre de Stéphanie dans l'autre, fasciné par la danse du feu. Elle éteignait en moi toute réflexion précise, et brassait doucement tout ce qui avait pu me venir à l'esprit depuis que je m'étais plongé dans ce bouquin.

Il y avait ce sac de voyage qui nous avait tout de même fait faire de sacrés bouts de chemins depuis que j'avais eu la surprise de le découvrir dans mon coffre de voiture, devant chez les Malézieux ! Il y avait Blaquery, Marie-Thérèse, Georges et les autres ; il y avait la maison de Stéphanie, le terril, ses voisins ; il y avait Yvon et la surprenante marque que tout cela était en train de lui laisser… Et moi, là-dedans ? Et Stéphanie ? Comment en sortirions-nous ?

J'en étais là de la litanie des questions défilant, se superposant et se mélangeant en moi sans que je cherche à leur donner le moindre ordre et encore moins à leur apporter une réponse, lorsque je pris conscience d'un léger changement qui venait d'intervenir dans mon environnement. Ce fut comme si je remettais les pieds sur terre. Toujours avec mon tisonnier dans une main et mon livre dans l'autre, quittant le foyer des yeux, je tournai lentement sur moi-même en cherchant à comprendre ce qui n'était encore qu'une impression plus qu'autre chose.

L'épaisseur du silence est telle, la nuit, autour de ma maison, que le discret « tic-tac » de ma vieille horloge comtoise l'habite tout entier. S'il lui arrive de s'arrêter, je me réveille ! Le froid et la neige rendaient cette impression plus forte encore. Elle aurait angoissé certains de mes amis, en manque du grondement de la ville lorsqu'ils passaient une nuit chez moi, mais que réveillait en sursaut le modeste carillon de la même horloge !

Quelque chose troublait la pureté de ce silence. Il me fallut tendre longuement l'oreille pour finir par soupçonner un moteur tournant au ralenti. Un voisin laissant l'habitacle de sa voiture se réchauffer avant de démarrer... Je me réinstallai sur mon canapé et voulus reprendre la lecture du *Sac de voyage* là où je l'avais laissée. Je n'y parvins pas. Ce moteur ronronnant près de chez moi, curieusement, venait de se saisir de toute mon attention.

C'était tout de même trop bête ! Un simple moteur de voiture... même dans ce froid et dans cette neige... En quoi pouvait-il me concerner ? Je fronçai les sourcils et voulus forcer mon attention à se concentrer sur ma lecture. J'y parvins d'autant moins que je réalisai tout à coup que ce bruit un peu horripilant avait crû insidieusement en se rapprochant. C'était maintenant juste devant ma porte que le bourdonnement se prolongeait.

J'ai horreur du bruit, surtout quand il est inutile, et je déteste la légèreté de ceux qui prétendent ignorer les conséquences écologiques de leurs gestes. Ce sont là, de mon point de vue, des formes d'abus d'autant plus insupportables qu'il n'est rien de plus facile à éviter. Ce doit être pour cela qu'ils sont capables de provoquer chez moi de redoutables mouvements de colère.

Quel était le malotru qui ne trouvait rien de mieux que d'ignorer mon goût du calme et du respect de la nature ? Je posai brutalement le livre de Stéphanie sur le guéridon, me levai d'un bond et osai affronter le puissant souffle d'air glacé qui se rua sur moi lorsque j'ouvris la porte en grand, prêt à ajouter le bruit de mes véhéments reproches à celui de ce moteur qui s'obstinait...

Il s'en fallut de très peu que je la reçoive dans mes bras. Riant aux éclats, elle s'évertuait à maintenir un équilibre hésitant sur la glace que le soir avait saisie sur mon pas-de-porte, là où, à l'heure de midi, j'avais peut-être un peu négligé d'appliquer le coup de balai qui s'imposait...

– Je... Je mets ma voiture où ?

Des mois durant, nous nous étions tour à tour perdus et retrouvés de manière parfois rocambolesque ; nous nous étions courus après, au point que nous avions habité l'un chez l'autre et l'autre chez l'un ; elle avait fui ; j'avais tenté des gestes maladroits et pas osé ceux qui, peut-être, nous auraient réunis. Elle était là, devant moi, dans la neige et le froid, et j'étais incapable du moindre mouvement, du moindre mot...

– Ma voiture, insista-t-elle. Je ne peux pas la laisser là…

Je ne dus pas avoir l'air trop malin. Le rire la reprit. Peut-être d'ailleurs était-ce par réaction au froid qui nous transperçait. La conscience dut m'en venir.

– Entre. Ta voiture, on verra ça après.

– Elle ne va pas rester au milieu de ta rue…

– Bien sûr que si. Personne ne circule par un temps pareil.

Sauf elle ! Je réalisai ce que cela avait d'extravagant au moment où, en fermant la porte, je rendais sa chaleur douillette à ma maison.

– Ouf ! Qu'est-ce qu'il fait bon chez toi !

Elle s'était déjà laissée tomber dans le canapé et avait fait le geste de s'abandonner à ses coussins. Elle se reprit.

– Parce que… Tu étais en train de lire ?

Encore sous le coup de la surprise, je suivis son regard pour comprendre le sens de sa question. Elle avait aperçu l'exemplaire de son dernier roman sur le guéridon. Sa question me dérangea. Je lui trouvais quelque chose d'indiscret. J'aurais préféré qu'elle attendît que j'en parle. Elle n'en insista pas moins, ajoutant encore à ma déconvenue. Se saisissant du petit livre, elle en fit défiler rapidement les pages sur son pouce en levant les yeux sur moi.

– Alors ? dit-elle.

J'ébauchai le geste de m'installer auprès d'elle, sur le canapé. Je m'en détournai et m'assis sur le fauteuil, au coin de la cheminée.

– Alors ? Ben alors, rien… J'ai à peine commencé. Je ne peux rien en dire.

Elle ne fut pas dupe, j'en suis convaincu. Ce qu'elle ne vit pas, pourtant, ce fut ma déception. Je venais enfin de comprendre. Depuis des mois, je courais après une aventure humaine. Dans le même temps, rien d'autre n'avait compté pour elle que de rassembler la matière d'un livre…

– Tu es rentrée de Varsovie pour les fêtes ?

Il m'intéressait fort peu de le savoir. Je ne faisais que détourner la conversation.

– Même pas, dit-elle en reposant le livre. Je n'étais là-bas que pour une mission, d'ailleurs fort intéressante, au consulat de France. Elle est finie. Je rentre. J'aurais pu attendre que les fêtes soient passées, mais je n'ai pas su ! J'ai débarqué hier. Je comptais sur des amis, à Paris. Ils sont en vacances. J'ai loué une voiture et me voilà !

Tiens donc ! Cette fille avait quelque chose d'un peu fêlé ! Il n'y avait qu'elle pour se trouver dans de telles situations et pour s'en sortir avec une élégance d'elle seule compréhensible !

– Et ta maison ?

– Ma maison ! Tu imagines la glacière que ce doit être ?

– Je la croyais vendue…

– Vendue ? Ma maison ? Tu n'y penses pas !

– Ce sont pourtant tes voisins…

– Parce que tu crois tout ce que disent les voisins, toi ?

– Tu le leur as fait croire…

Elle sentit enfin mes réticences. Elle eut un petit rire de gorge un peu gêné.

– C'est formidable tout ce qu'on peut faire croire aux voisins…

Il a encore neigé plusieurs soirs de suite. Rarement on avait vu s'accumuler tant de neige qu'un froid obstiné empêchait de fondre.

La maison était une bulle de confort dont nous ne nous éloignions guère, chaque matin, que pour quelques courses indispensables dans le village. Elle fut une école où, l'un et l'autre, nous apprîmes à nous connaître. L'onirisme dans lequel, jusque-là, nous nous étions complu ne résista évidemment pas à la réalité du quotidien. Nous en prîmes conscience simultanément et ce fut une chance. Durant quelques jours, délibérément, nous nous donnâmes l'illusion d'une grande passion. Nous savions pourtant qu'elle n'était rien d'autre que l'épilogue d'une aventure qu'elle avait imaginée et que j'avais suivie.

Puis il y eut une période de redoux. Un matin, elle m'annonça que sa voiture pouvait à nouveau sortir de mon jardin.

– Je vais remonter dans le Nord, me dit-elle. Il faut tout de même que j'aille m'occuper de ma maison.

– Et détromper tes voisins !

Elle leva sur moi un regard qu'éclairait un sourire un peu gêné.

– C'est ça… dit-elle. Détromper les voisins…

Nous nous voyons encore assez régulièrement. Il lui arrive de venir passer quelques jours chez moi et, lorsque je monte à Blaquery, je ne manque pas de pousser jusqu'au coron, au pied du terril. Yvon m'y a accompagné quelques fois. Il a fait sa conquête. C'était prévisible, mais on ne peut pas vraiment dire que l'inverse ait été vrai.

– Elle est drôle, ta copine, m'a-t-il dit un jour.

– Ah bon ? Elle a quoi de drôle ?

– J'sais pas... On dirait... On dirait qu'elle est toujours dans ses livres. Elle doit y vivre, dans ses livres... Peut-être... Tu ne crois pas qu'elle l'a fait exprès que tu l'abandonnes, sur l'autoroute ?

DU MÊME AUTEUR

Aux Éditions Albin Michel

LES VOISINS DE L'HORIZON, roman, 2001.
HISTOIRES RACONTÉES DE BOURGOGNE ET DU MORVAN, récits, 2001.
JE REVIENDRAI VERS VOUS, roman, 2002.
LA MUSE DANS LE GRENIER, roman, 2003.
LE PÉRIPLE DU CHIEN, roman, 2004.
LES GENS DU PAYS, roman, 2005 ; prix Henri-Perruchot 2006 ; prix Marcel-E.-Grancher 2007.
LE FORGERON D'ÉDEN, 2009.

Aux Éditions de l'Armançon

LE VOL DE LA BUSE, roman, 1991 ; prix Sully Olivier-de-Serre 1992.
LA CROIX DU GARAGE, roman, 1994.
AUTUN, TOUTE UNE HISTOIRE, document, 2004.
NOUVELLES INUIT, carnet de voyage, 2004.
LE RÉVEIL DES VILLAGES, essai, 2006.
SUR LA ROUTE DE DJENNÉ, carnet de voyage, 2008.

Aux Presses de la Cité

LES LABOURS D'HIVER, roman, 1995 ; prix Émile-Guillaumin 1995.
LES TERRES ABANDONNÉES, roman, 1996.
LA CROIX DE FOURCHE, roman, 1997.
ÉTRANGERS À LA TERRE, roman, 1998.

L'HÉRITAGE DE LUDOVIC GROLLIER, roman, 1999.
L'ALAMBIC, roman, 2000.

Aux Éditions Anne Carrière

INUKSUK, roman, 2006.
LE VENT DES LIBERTÉS SOULEVAIT LA TERRE, roman, prix du roman populaire 2008.

Aux Éditions Pygmalion

LA PHOTO DE CLASSE, roman, 2007.

Aux Éditions Ouest-France

LE HARAS DE POMPADOUR, TOUTE UNE HISTOIRE, document, 2007.

Composition IGS-CP
Impression : Imprimerie Floch, mars 2011
Éditions Albin Michel
22, rue Huyghens, 75014 Paris
www.albin-michel.fr
ISBN : 978-2-226-22074-5
N° d'édition : 19205/01 – N° d'impression : 79080
Dépôt légal : avril 2011
Imprimé en France